☐ **W9-DEW-668**

UNA NOCHE
CON SU ENEMIGO

Kate Hewitt

⊞ HARLEQUIN™

Editado por Harlequin Ibérica.
Una división de HarperCollins Ibérica, S.A.
Núñez de Balboa, 56
28001 Madrid

© 2017 Kate Hewitt
© 2018 Harlequin Ibérica, una división de HarperCollins Ibérica, S.A.
Una noche con su enemigo, n.º 2655 - 17.10.18
Título original: Engaged for Her Enemy's Heir
Publicada originalmente por Harlequin Enterprises, Ltd.

I.S.B.N.: 978-84-9188-979-3
Depósito legal: M-27642-2018
Impresión en CPI (Barcelona)
Fecha impresion para Argentina: 15.4.19
Distribuidor exclusivo para España: LOGISTA
Distribuidor para México: Distibuidora Intermex, S.A. de C.V.
Distribuidores para Argentina: Interior, DGP, S.A. Alvarado 2118.
Cap. Fed./Buenos Aires y Gran Buenos Aires, VACCARO HNOS.

Capítulo 1

CUALQUIERA habría dicho que los entierros eran la excusa perfecta para emborracharse. Pero no lo habría dicho por Allegra Wells, quien se había limitado a beber agua mineral mientras los asistentes al acto en recuerdo de su padre empinaban el codo en el salón de un hotel de lo más ostentoso.

Quince años antes, la visión de aquel espectáculo le habría dejado un poso de amargura o, por lo menos, de escepticismo ante la condición humana.

Quince años antes de que su padre le diera la espalda.

Pero se la había dado, y Allegra solo sentía un profundo agotamiento que la llevó a envidiar al resto de los presentes.

En el fondo, habría preferido que su vaso de agua fuera de alcohol. Quizá habría derretido el hielo que atenazaba sus emociones, el hielo con el que ella misma se había congelado, por miedo a sentir. Llevaba tanto tiempo en esa situación que, en general, ni siquiera se daba cuenta. Pero al estar allí, rodeada de desconocidos, fue dolorosamente consciente de la soledad que siempre la acompañaba.

Se había aislado del mundo. Se había encerrado en su piso de Nueva York, y no hacía otra cosa que contemplar la vida a una distancia prudencial.

Deprimida, dio otro trago de agua y miró a Caterina,

la segunda esposa de su difunto padre, y a la hija que había tenido con ella, Amalia. Solo las conocía de vista, y solo porque veía sus fotos en Internet cuando se dejaba llevar por la añoranza y buscaba información sobre el hombre al que estaban recordando, Alberto Mancini, presidente de Mancini Technologies.

No se podía decir que encontrar información fuera complicado. Alberto había sido objetivo habitual de la prensa del corazón porque su mujer era tan joven como ambiciosa, lo cual le aseguraba muchas portadas. Y, por lo visto hasta entonces, la prensa no exageraba al respecto. Efectivamente, era una ambiciosa; una manipuladora vestida de negro que parpadeaba con taimada elegancia y que no la había mirado ni una sola vez.

Pero ¿por qué la iba a mirar? No la conocía. Nadie la conocía. Ni ella se habría enterado de que su padre había muerto si su abogado no la hubiera llamado por teléfono.

Mientras los invitados charlaban a su alrededor, Allegra se preguntó por qué se había quedado después del entierro. ¿Qué esperaba encontrar? ¿Qué esperaba ganar? Su padre había fallecido; aunque, por otra parte, era como si llevara quince años muerto. Quince años sin mensajes, cartas o llamadas. Quince años de vacío absoluto. Y más que llorar su pérdida física, Allegra lloraba el tiempo perdido.

¿Qué estaba haciendo allí? ¿Había ido en busca de redención, de algo que cerrara por fin el círculo vicioso y diera algún sentido a su dolor?

Su madre se había enfadado mucho cuando le dijo que pensaba asistir. Se lo había tomado como una traición personal, y su reacción había sido tan violenta que a Allegra se le encogía el corazón cada vez que lo pensaba.

A fin de cuentas, su relación siempre había sido difícil. Jennifer Wells no se había recuperado de su ruptura con Alberto, quien había salido de sus vidas de un modo tan tajante y absoluto como si los hubieran separado con un bisturí.

Para Allegra, fue algo incomprensible. De la noche a la mañana, pasó de ser rica a ser pobre y de tener a una familia, a estar sola. Pero su madre nunca le había dado una explicación creíble sobre lo sucedido; rehuía el asunto o pasaba por encima sin entrar en materia. Solo decía que había sido cosa de él, que no quería saber nada de ellas y que se había ido tras asegurar que no les iba a dar ni un céntimo.

Durante años, Allegra pensó que su madre le había mentido. No se podía creer que el hombre que la adoraba, el hombre que la tomaba entre sus brazos y la cubría de halagos la hubiera olvidado de repente. Estaba convencida de que se pondría en contacto con ella en cualquier momento. Pero no supo nada de él.

¿Qué hacía en aquel lugar? ¿Por qué se torturaba de esa forma? Su padre había muerto, y ninguno de los presentes la conocía.

Al cabo de unos momentos, Allegra se fijó en un hombre de cabello negro y ojos de color ámbar que estaba al otro lado de la sala, manteniéndose tan al margen como ella misma. No sabía quién era ni qué relación había tenido con su padre, pero su actitud distante y cautelosa le llamó la atención.

Allegra no se habría atrevido a hablar con él. Siempre había sido tímida, y el divorcio de sus padres había empeorado su timidez. Sin embargo, eso no impidió que lo siguiera mirando, como la mayoría de las mujeres de la sala. Era alto, fuerte e increíblemente atractivo; un hombre tan lleno de vida que casi estaba fuera de lugar en un acto como ese, donde al fin y al cabo se recordaba a un muerto.

¿Quién sería? ¿Por qué estaría allí?

Allegra supuso que se quedaría con las ganas de saberlo, porque le pareció bastante improbable que ese canto a la belleza masculina se fijara en una pálida y pelirroja joven de melena excesivamente rizada.

Tras respirar hondo, dio media vuelta y se dirigió al bar, decidida a tomarse la copa que no se había tomado. Luego, volvería a la pensión donde se alojaba, dormiría unas horas, asistiría a la lectura del testamento y regresaría a Nueva York para seguir con su vida.

—¿Qué desea tomar? —preguntó el camarero.

—Vino, por favor.

Allegra se retiró con su vino a una estancia que daba a la sala principal. Era una forma perfecta de seguir en el acto sin llamar la atención. Y, un momento después de que probara el delicioso y aterciopelado líquido, oyó una profunda voz masculina.

—¿Te estás escondiendo?

Allegra se puso tensa al instante, y se quedó asombrada al ver al hombre de ojos de color ámbar al que había estado admirando. Parecía un príncipe salido de un cuento de hadas. Parecía un producto de su romántica imaginación. Salvo por el pequeño detalle de que ningún príncipe azul habría sonreído con tanta picardía.

¿Seguro que era un príncipe? ¿No sería un villano?

Demasiado sorprendida para responder, se limitó a mirarlo en silencio. Era verdaderamente guapo; de ojos grandes, mandíbula fuerte y pelo más largo de la cuenta. Llevaba un traje de color gris oscuro, combinado con una camisa negra, y tenía un aire diabólico, de potencia contenida.

—¿Y bien? —insistió él con un tono tan sensual como juguetón—. ¿Te estás escondiendo?

Ella respiró hondo.

—A decir verdad, sí. Me estoy escondiendo. No conozco a nadie.

—¿Y qué haces aquí? ¿Tienes la costumbre de colarte en los funerales?

—Solo si dan copas gratis —respondió ella—. ¿Lo conocías?

—¿A quién?

—A Alberto Mancini.

Él sacudió la cabeza.

—Personalmente, no. Mi padre hizo negocios con él, hace tiempo. Solo he venido a presentar mis respetos.

—Comprendo.

Allegra intentó sacar fuerzas de flaqueza, porque la intensidad de su mirada la estaba poniendo nerviosa. Era como si la acariciara con los ojos, como si pasara unos dedos invisibles por su acalorada piel. Nunca se había sentido así y, a falta de mejor explicación, lo achacó a sus revueltas emociones.

—¿Cómo has dicho que te llamas? —continuó.

Él la miró de arriba abajo.

—No lo he dicho, pero me llamo Rafael.

Rafael Vitali no sabía quién era aquella mujer. Pero estaba fascinado con su encanto, sus rizos y sus grandes ojos grises, que reflejaban sus emociones con tanta claridad que las había reconocido desde el otro lado de la sala: incomodidad, tristeza y dolor.

¿Quién era? ¿Qué relación tenía con el difunto Mancini?

No era asunto suyo. Y menos ahora, teniendo en cuenta que se había hecho justicia y que había conseguido lo que quería, pero sentía curiosidad. ¿Sería una amiga de la familia? ¿O algo menos inocuo, como una antigua amante?

Fuera como fuera, era obvio que no había ido al entierro a tomarse un vino. Estaba ocultando algo. Pero... ¿qué?

Rafael dio un trago de la copa que llevaba en la mano y contempló los sentimientos que rompían en su rostro como olas en la costa: confusión, esperanza y, una vez más, tristeza. Ciertamente, podía ser una antigua amante del difunto, aunque era tan joven que podría haber sido su hija. Pero la hija de Mancini estaba con su madre, tan aburrida como ella.

Al pensar en la viuda, sonrió para sus adentros. Se había casado con él por dinero, y estaba a punto de descubrir que su fortuna se había esfumado. Todo un acto de justicia, teniendo en cuenta que Mancini le había hecho lo mismo a la madre de Rafael, dejándola completamente arruinada.

En cuanto a su padre, ni siquiera lo quería recordar. Era un asunto tan doloroso que había cerrado esa puerta por simple y pura necesidad de protegerse a sí mismo y mantener la cordura. Pero, por algún motivo, la muerte de Mancini la había abierto, y empezaba a sentir la rabia y la amargura de otros tiempos.

«Cuida de ellas, Rafael. Ahora eres el hombre de la casa», le había dicho. «Protege a tu madre y tu hermana. Pase lo que pase».

Sin embargo, no estaba dispuesto a permitir que el dolor lo dominara. Tenía que cerrar esa puerta una vez más, y había encontrado la forma perfecta de conseguirlo: la fascinante mujer que estaba a su lado.

—Espero que tu vino haya merecido la pena –bromeó.

—No estoy aquí por el vino.

—Ya me lo imaginaba –replicó él, apoyándose en la pared–. ¿Conocías bien al difunto?

Allegra se encogió de hombros.

—Lo traté hace tiempo. Aunque, sinceramente, no estoy segura de que se hubiera acordado de mí –contestó.

Allegra soltó una carcajada triste, y Rafael sintió lástima de ella. Pero no quería sentirse así; en primer lugar, porque había tomado la decisión de llevarla a la cama y, en segundo, porque suponía que era una antigua amante de Mancini, es decir, una buscona que adoraba el dinero y las joyas.

Sin embargo, sus marcadas ojeras y la palidez de su piel, apenas disimulada por el dorado de sus pecas, le daban un aspecto de fragilidad que no pudo pasar por alto. Un aspecto potenciado por su recto vestido negro, bajo el que se adivinaba un cuerpo esbelto y delgado, con un vago indicio de curvas intrigantes.

—No me puedo creer que alguien se olvide de ti –dijo él.

Ella se ruborizó, y Rafael se quedó encantado con el efecto de sus palabras.

–Pues créetelo –replicó Allegra, insegura–. ¿Qué tipo de negocios hizo tu padre con mi... con Alberto Mancini?

–Trabajaron en un sistema nuevo para teléfonos móviles –respondió Rafael, que no quería hablar sobre el pasado–. Bueno, entonces era nuevo. Las cosas han cambiado bastante desde aquella época.

Como tantas veces, Rafael pensó que aquel sistema le habría dado mucho dinero a su padre si Mancini no se lo hubiera quitado de en medio. O si su padre hubiera vivido para contarlo.

–Si tú lo dices, será verdad. No sé nada de tecnología. Ni siquiera me apaño con mi móvil –le confesó ella.

–¿A qué te dedicas? –preguntó él, calculando que Allegra debía de estar cerca de los treinta.

–Trabajo en un café de Greenwich Village. Es un café musical.

–¿Un café musical? ¿Qué es eso?

–Una tienda que, además de vender instrumentos y partituras musicales, tiene un café. Pero hacemos muchas más cosas, desde ofrecer clases a principiantes hasta dar conciertos. Viene a ser un refugio de amantes de la música.

–De amantes como tú, supongo.

–Sí –dijo ella con un trasfondo de tristeza–. La música es muy importante para mí.

Rafael se quedó algo desconcertado con la sinceridad de Allegra. Sin embargo, no quería sentirse atraído por aquella mujer. Solo quería acostarse con ella, tener un intercambio sexual mutuamente satisfactorio.

–En fin, será mejor que me marche –añadió ella–. No tiene sentido que me quede aquí.

–Oh, vamos. Es muy pronto.

Rafael se inclinó sobre Allegra y la rozó a propósito, para que sintiera su calor. Ella lo miró con timidez y se pasó la lengua por los labios en un gesto aparentemente inconsciente que lo excitó un poco más. O era tan inocente como parecía o era la mejor y más experta de las seductoras. Pero, fuera lo que fuera, le encantaba.

–Si quieres, podemos ir a otro sitio –continuó él–. ¿Cuál es tu tema musical preferido?

Allegra parpadeó, sorprendida por la pregunta.

–No creo que lo conozcas.

–Ponme a prueba –la retó Rafael.

Ella sonrió y dijo:

–Está bien, como quieras. Es el tercer movimiento de la sonata para violonchelo de Shostakovich. ¿Lo conoces?

–No, aunque me gustaría oírlo.

–No es uno de los compositores más conocidos, pero su música es tan conmovedora que me llega al fondo del alma.

–En ese caso, no tengo más remedio que oírlo –replicó él, sinceramente interesado–. Me alojo en este hotel, en una suite cuyo sistema de sonido es una verdadera maravilla. ¿Por qué no subimos y lo escuchamos juntos?

–Bueno, yo... –dijo ella, empezando a comprender sus intenciones.

–Podemos tomar una copa mientras disfrutamos de la música. Las bebidas del bar son bastante mejores que las que sirven aquí –declaró, dejando su copa a un lado–. Ven conmigo.

Rafael le ofreció la mano, decidido a llevar las cosas

más lejos. Ansiaba el placer que Allegra le podía dar, aunque fuera breve.

—No sé si debo...

—Debes —dijo él.

Una vez más, Rafael se preguntó si su actitud insegura era sincera o fingida; pero, en cualquier caso, la tomó de la mano y la acercó suavemente.

Allegra avanzó con pasos dubitativos y lo miró con intensidad, como buscando en su rostro una garantía de que no le iba a pasar nada. Luego, él la alejó de la multitud y de las miradas de envidia de varias mujeres que se le habían insinuado sin éxito alguno. Solo estaba interesado en una mujer, y ya la tenía.

Momentos más tarde, entraron en uno de los ascensores del hotel, donde él pulsó un botón. Hasta entonces, se había mantenido en silencio por miedo a romper el hechizo; pero, cuando las puertas se cerraron, se giró hacia ella y comentó:

—Tienes una sonrisa encantadora.

Ella lo miró con sorpresa.

—¿En serio?

Él asintió sin dudarlo, porque su sonrisa le parecía verdaderamente bonita. Era una tímida flor que se abría lentamente.

Cuanto más tiempo pasaba con ella, más se inclinaba a creer que la inocencia de Allegra era real, lo cual le desconcertaba. Una persona que había conocido a Mancini hasta el punto de estar invitada a sus exequias no podía ser inocente. Y, sin embargo, se comportaba como si fuera virgen.

—En serio —contestó—. Ojalá sonrieras más a menudo.

—Estábamos en un funeral. No tenía muchos motivos para sonreír —se justificó ella.

Rafael abrió la boca con intención de decir algo, pero la puerta se abrió un segundo después, dando paso a la enorme y elegante suite del ático del hotel, que ocupaba toda la planta.

Al verla, Allegra se quedó boquiabierta.

—Es increíble... —acertó a decir.

Él frunció el ceño. Había dado por sentado que estaría acostumbrada al lujo, pero su reacción indicaba lo contrario. ¿Cómo era posible?

Rafael apartó la pregunta de sus pensamientos y la llevó al interior de la suite mientras la puerta del ascensor se cerraba a sus espaldas. Ya tendría ocasión de salir de dudas. Además, había conseguido lo que quería: estar a solas con ella.

Capítulo 2

ALLEGRA tuvo la sensación de haber entrado en una realidad paralela. No sabía lo que estaba haciendo. Se había ido con un desconocido y había subido a su suite como si fuera lo más natural del mundo para ella.

Pero no lo era. Ella no hacía cosas inesperadas. Ella no se dejaba llevar por sus impulsos. Llevaba una vida tranquila y segura. Trabajaba en un café cuyo octogenario dueño, que la trataba como si fuera su abuelo, era también su mejor amigo. Nunca había sido una mujer atrevida. No se arriesgaba jamás. Y, sin embargo, había permitido que el deseo la dominara por completo.

Desde el momento en que Rafael la tomó de la mano, se sentía como si la hubieran conectado a un mundo de sensaciones que no había probado hasta entonces. Su cuerpo se había activado de repente. Se sentía viva de verdad, abrumadora y jubilosamente viva.

Rafael no le había soltado la mano y, cuando clavó en ella sus ojos de color ámbar, Allegra deseó rendirse a la sensual corriente que intentaba arrastrarla. No era tan inocente como para no saber que la había llevado a la suite para hacer el amor. Lo sabía de sobra. Y a pesar de ello, se limitó a apartarse de él y a pasear por la lujosa estancia, fijándose en todos y cada uno de sus detalles.

–Este sitio es increíble –dijo con voz nerviosa–. ¡Y qué vistas tiene! ¿Qué es lo que se ve al fondo? ¿El Coliseo?

Súbitamente, Rafael se acercó por detrás y se detuvo. Estaba tan cerca que Allegra podía sentir su calor; tan cerca que, si hubiera retrocedido un milímetro, lo habría tocado. Y ardía en deseos de tocarlo, pero no se atrevía. Todo aquello era nuevo para ella. Nuevo, extraño y, quizá, peligroso.

Aunque, por otra parte, ¿de qué tenía miedo? Rafael no le podía hacer daño o, por lo menos, no le podía hacer un daño tan profundo y devastador como el que ya le habían hecho. Sencillamente, no se lo habría permitido.

Estaba nerviosa, sí, pero solo porque no tenía experiencia con ese tipo de situaciones. Y, tras pensarlo unos segundos, se dio cuenta de que no tenía motivos para estar asustada.

–Sí, es el Coliseo –replicó él, poniéndole las manos en los hombros.

Ella respiró hondo y apoyó la cabeza en su pecho. El contacto, duro y cálido, le pareció asombrosamente reconfortante. Se habría quedado así todo el día, saboreando la sensación. Era lo que quería, lo que necesitaba: sentirse unida a otra persona, sentirse viva y, por supuesto, sentirse deseada.

A fin de cuentas, llevaba demasiado tiempo sola. Su timidez había impedido que hiciera amigos en el colegio; su confusión y su dolor la habían alejado de su madre, y su inseguridad había provocado que sus escasas relaciones amorosas fueran un fracaso. Pero no estaba dispuesta a seguir así. Rafael le gustaba, y no le estaba ofreciendo nada que no pudiera controlar. Disfrutaría del momento y después, se marcharía.

–¿Te apetece una copa de champán?

Allegra asintió.

–Claro que sí.

Él se alejó, y ella se maldijo por no ser capaz de controlar sus desbocadas emociones. Sentirse viva era una experiencia exquisita, pero también dolorosa. Además, no entendía por qué le gustaba tanto Rafael. ¿Por qué deseaba tocarlo en lugar de huir? ¿Qué la empujaba a arriesgar su tranquilidad emocional?

El sonido del corcho la sacó de sus pensamientos. Rafael sirvió dos copas de champán y, a continuación, alzó la suya a modo de brindis.

–Chinchín.

–Chinchín –replicó ella.

Allegra se acordó de la primera vez que había tomado champán, estando en Abruzzi, en la casa de los Mancini. Entonces tenía doce años y, cuando su padre le dejó probar la burbujeante bebida, ella pensó que sabía a felicidad, a seguridad y a amor familiar, a todo lo que sentía en ese momento.

Pero ¿su infancia había sido tan feliz como recordaba? ¿O su memoria la estaba traicionando, teñida quizá por la mirada inocente de la niñez?

No lo sabía. No podía confiar ni en sus recuerdos.

–¿No vas a beber? –preguntó Rafael.

–Sí, por supuesto.

Allegra probó el champán, y le pareció tan delicioso como la primera vez.

–Háblame de ti –continuó ella, intentando recuperar el aplomo–. ¿A qué te dedicas?

–Dirijo una empresa.

Ella arqueó las cejas, sorprendida.

–¿Qué tipo de empresa?

–Nos dedicamos a las propiedades. Hoteles, comercios, ese tipo de cosas.

Allegra pensó que debía de ser rico; incluso, probablemente, muy rico. Y también pensó que tendría que haberse dado cuenta, porque su actitud y la calidad de su ropa lo indicaban con toda claridad. Hasta su colonia olía a cara.

Rafael llevaba una vida de privilegios. Una vida como la que ella misma había llevado antes de que sus padres se divorciaran y descubriera lo que implicaba ser pobre. Pero, por muy dura que hubiera sido la pérdida de las mansiones y los lujos, Allegra no había reaccionado de la misma manera que su madre, Jennifer. No se había convertido en una amargada. No echaba de menos el dinero, sino el amor de su ya difunto padre.

–¿Y te gusta tu trabajo? –lo interrogó, rehuyendo su mirada.

–Mucho.

Rafael dejó su copa en una mesa y se acercó al equipo de música, que estaba junto a la chimenea.

–¿Qué te parece si escuchamos esa pieza musical? –prosiguió él–. Has dicho que es de Shostakovich, ¿verdad?

–Sí, aunque dudo que tengas el CD.

Él sonrió.

–Haces bien en dudar, porque no lo tengo. Pero el equipo está conectado a Internet.

–Ah, claro –dijo ella, algo avergonzada–. Como ya te he dicho, no sé nada de tecnología.

—Bueno, déjalo en mis manos. Lo encontraré enseguida.

Rafael cumplió su palabra y, en cuestión de segundos, la música inundó la habitación. Luego, tomó a Allegra de la mano y la llevó a un suntuoso sofá de cuero, donde le pasó un brazo alrededor de los hombros.

Ella se apoyó en su cuerpo e inhaló su aroma, hechizada. Nunca se había sentido tan cerca de un hombre, pero le pareció lo más natural del mundo. La música de Shostakovich le llegaba al alma y, combinada con el contacto de Rafael, despertaba sus sentidos de tal manera que solo quería dejarse llevar y descubrir qué había al final de aquel torbellino de emociones abrumadoras.

—¿Sabías que el violonchelo es el instrumento musical que más se parece a la voz humana? —declaró ella, emocionada con la belleza del momento—. Creo que por eso me gusta tanto.

Él le acarició la mejilla y dijo en voz baja:

—Es un tema verdaderamente impresionante. Lleno de añoranza y tristeza.

—Sí, es verdad...

Las sinceras y acertadas palabras de Rafael le encogieron el corazón. Esa era la conexión que anhelaba. Y, sin darse cuenta, se giró hacia él, alzó la cabeza y clavó la vista en sus apasionados ojos, buscando un beso.

Durante un par de segundos, Allegra tuvo la sensación de que el mundo se había detenido. Incluso contuvo la respiración, expectante.

Rafael la besó con delicadeza, como si no estuviera seguro de estar haciendo lo correcto. Pero ella quería mucho más, así que se aferró a la tela de su camisa y lo instó a seguir con su experto y meticuloso ejercicio de seducción.

Nunca se habría imaginado que un beso pudiera ser tan arrebatador. Lo sintió en todas partes, acariciándola y atravesándola, descubriendo hasta el último de sus secretos. Y Allegra necesitaba que la descubrieran.

–Eres tan bella, tan encantadora...

Rafael la tumbó en el sofá y, a continuación, le apartó el cabello de la cara y se la empezó a acariciar, explorando sus rasgos. Allegra cerró los ojos, rendida. El contacto de sus dedos era tan íntimo como el de sus labios, y la tocaba con tanta dulzura que le hizo descubrir una forma nueva de excitación.

Sus manos descendieron lentamente, como pidiendo permiso a cada paso. Al cabo de unos segundos, cerró la palma sobre uno de sus senos y la besó en el cuello con una afirmación que le arrancó una carcajada:

–Esto también es música. De una clase diferente.

Allegra pensó que tenía razón. Era música, una música completamente nueva para ella. Y le estaba enseñando su cautivadora melodía.

Siempre había pensado que sentiría miedo o inseguridad cuando llegara el momento de hacer el amor. Pero se sentía mejor que nunca, más viva que nunca y más cerca de nadie que en toda su vida. Además, solo iba a ser una aventura. Una sola noche. Un momento de magia. Y quería disfrutar al máximo, porque no sabía cuándo iba a tener otra oportunidad.

De algún modo, Rafael se las había arreglado para bajarle el vestido por los hombros, dejándola semidesnuda de cintura para arriba. Ya no tenía más defensa que el sujetador, y él apartó la tela para poder lamer uno de sus pechos.

–Ah... –gimió Allegra, arqueándose contra su boca.

Rafael alzó la cabeza y la miró a los ojos. Su respiración también se había acelerado, y el evidente hecho de que la deseara tanto como ella a él la convenció definitivamente de que estaba haciendo lo que quería, lo que necesitaba.

–¿Quieres que vayamos a la habitación? –le preguntó.

Allegra asintió, dándole la única respuesta que le podían dar su excitado cuerpo y su corazón.

–Sí.

Con un movimiento rápido, Rafael se levantó del sofá y se dirigió al dormitorio. Allegra lo siguió, apenas consciente de su vestido bajado y su pelo revuelto.

El dormitorio competía en lujo y elegancia con el resto de la suite, pero ella solo tuvo ojos para la enorme cama de edredón de satén, que se alzaba sobre una tarima. O, por lo menos, solo los tuvo hasta que Rafael se acercó a ella, la besó con más pasión que antes y le bajó la cremallera del vestido.

La prenda cayó al suelo, y ella se quedó en ropa interior. Su lencería no era particularmente sexy: solo unas braguitas y un sujetador de color negro, sin encajes ni filigranas, pero él la miró como si le pareciera la mujer más bella del mundo.

Allegra tampoco se había imaginado que se pudiera sentir tanto placer por la simple razón de sentirse deseada. Era sencillamente maravilloso. Y, cuando Rafael la tomó entre sus brazos, se apretó contra su pecho y contra su dura erección.

–¿Tienes frío? –preguntó él al notar su estremeci-miento.

Allegra sacudió la cabeza. No, no tenía frío; era una cálida noche de primavera, y la temperatura de la suite no podía ser más agradable. Su estremecimiento se debía a Rafael, quien la besó de nuevo y hundió la cabeza entre sus senos.

Ella le pasó las manos por el pelo, aferrándose a él. Sus sensaciones eran tan intensas que tenía la impresión de estar flotando, y de que el contacto de Rafael era lo único que la mantenía cerca de la tierra.

Luego, él le quitó el sujetador y las braguitas, se puso de rodillas entre sus piernas, cerró las manos sobre sus caderas y la empezó a lamer.

–Oh...

Allegra no se podía creer lo que estaba pasando. Era un acto increíblemente íntimo, un acto de entrega absoluta. Y Rafael lo alargó entre sus jadeos hasta que la arrojó al precipicio del orgasmo.

Entonces, se incorporó y la llevó a la cama, donde la dejó temblando. Estaba más excitada que antes, y se excitó aún más cuando él se desnudó y le reveló la belleza de un estómago perfecto, unas piernas poderosas y una erección tan tentadora que ella apartó la vista, avergonzada.

–Puedes mirar –dijo Rafael, volviendo a la cama–. Incluso puedes tocar.

Rafael la besó de nuevo, apretando su erección contra el cuerpo de Allegra, cuyo deseo se convirtió en un clamor apabullante que la dominaba por completo. Ya no podía más. La estaba volviendo loca con sus caricias, concentradas otra vez en su parte más íntima y femenina. Jugaba con ella, la exploraba, avivaba su fuego.

Y por fin, la penetró. Y un segundo después, se detuvo.

Allegra, que ya había superado el momento inicial de dolor, lo miró con desconcierto.

—¿Qué ocurre?

—¿Eres virgen?

Ella tragó saliva.

—Sí.

—No tenía ni idea...

—¿Y cómo la ibas a tener?

—Deberías habérmelo dicho.

—Oh, Rafael...

Allegra arqueó las caderas, dejando que su cuerpo expresara lo que su voz no podía. No podía permitir que pusiera fin al encuentro. No estando tan cerca de la satisfacción.

Rafael soltó un gemido y se empezó a mover. Era tan delicioso que Allegra se entregó sin inhibición alguna, arrojándose voluntariamente a la catarata de sensaciones in crescendo. Y, cuando volvió a llegar al clímax, fue tan potente que soltó el grito más bello y cristalino de su existencia, la nota musical más sagrada que había oído en toda su vida.

Rafael se apartó de Allegra, maldiciéndose para sus adentros.

Se acababa de acostar con una mujer virgen, algo del todo inesperado. Había llegado a la conclusión de que no estaba con una manipuladora, sino con una mujer sin malicia, pero no se imaginaba que su ausencia de malicia llegara hasta ese punto.

Y se sintió culpable.

En su opinión, le había robado la virginidad. Había utilizado a una persona que se merecía algo mejor. Había hecho lo que se había jurado que no volvería a hacer. Había cruzado una línea prohibida.

Si lo hubiera sabido antes, no habría intentado seducirla ni la habría llevado a la suite. Él solo buscaba una aventura, un rato placentero, sin complicaciones de ninguna clase; y, por el comportamiento de Allegra, había dado por sentado que ella buscaba lo mismo. Pero ya no estaba tan seguro, y cruzó los dedos para que no se hubiera hecho ningún tipo de ilusiones absurdas.

Mientras lo pensaba, cayó en la cuenta de que había cometido un error aún más grave. Habían hecho el amor sin preservativo. Tenía intención de ponérselo; pero, en el calor del momento, se le había olvidado.

¿Cómo era posible que hubiera sido tan estúpido?

Rafael se giró hacia Allegra, cuya melena pelirroja era un mar de rizos sobre la almohada. Incluso entonces, a pesar de lo sucedido, quería acariciar su cabello, tomarla entre sus brazos y besarla. Incluso entonces, instantes después de llegar al orgasmo, la deseaba. De hecho, nunca había deseado tanto a una mujer.

Allegra se puso de lado, se acurrucó contra su cuerpo y le pasó un brazo por encima del pecho. Rafael se sumió en una mezcla de confusión, alarma e irritación, porque era evidente lo que pretendía: hablar con él, compartir sus emociones y estrechar los supuestos lazos que se habían establecido entre ellos. A fin de cuentas, acababa de perder la virginidad.

Sin embargo, él no estaba acostumbrado a ese tipo de situaciones. Se acostaba con mujeres cuyas expectativas se limitaban al disfrute sexual. No establecía lazos emocionales. Sus amantes estaban perfectamente informadas de lo que podían esperar y, por supuesto, jamás se acostaba con mujeres que buscaran otra cosa y pudieran salir malparadas.

Por desgracia, Allegra ya había salido malparada. Había perdido con él su virginidad. Y Rafael tenía miedo de hacerle daño.

—Lo echo de menos, ¿sabes? Lo echo mucho de menos —dijo ella repentinamente.

Él la miró sin entender nada.

—¿Cómo?

—Sé que no debería, teniendo en cuenta que han pasado quince años desde que nos vimos por última vez. Pero lo echo de menos. Echo de menos lo que tuvimos o, por lo menos, lo que yo creía que teníamos. Supongo que esa es la razón de que viniera aquí. Estaba buscando algo, no sé, quizá el final de un círculo vicioso.

Rafael supo entonces que estaba hablando de Alberto Mancini, y también supo otra cosa: si no se habían visto en quince años, no podían haber sido amantes. Esa mujer ni siquiera llegaba a los treinta.

—¿Quién eres, Allegra?

Ella lo miró a los ojos y contestó:

—Su hija.

Rafael estuvo a punto de soltar una exclamación poco respetuosa. Era la hija de Mancini, la hija del que había sido su peor enemigo. Y acababa de hacer el amor con ella.

Se le encogió el corazón. De repente, se había convertido en protagonista de un drama completamente inesperado. Por si acostarse con una mujer virgen no fuera suficiente, se había acostado con una clase de mujer de la que no quería saber nada: una Mancini, un miembro de una familia que había odiado toda su vida.

Desde luego, su odio no era ningún capricho. Los odiaba por una buena razón, y nunca había pretendido otra cosa que hacer justicia. Pero eso no cambiaba lo sucedido. Se había acostado con ella. Y, definitivamente, no le podía dar el afecto que estaba buscando.

Abrumado, se levantó de la cama y se puso los calzoncillos.

–¿Rafael? –dijo ella con incertidumbre.

–Será mejor que te marches.

Su voz habría sonado brusca aunque se hubiera esforzado por decirlo con suavidad, y no se esforzó. Sentía ira, rabia, frustración. Allegra era hija de Mancini. Pero ¿sabría lo que Alberto había hecho? ¿Sería consciente de que sus manos estaban manchadas de sangre?

Rafael supuso que no sabía nada. Al fin y al cabo, su padre había muerto cuando ella era solo una niña. Era imposible que lo supiera; sobre todo, si Alberto y ella habían estado tanto tiempo sin verse. Pero seguía siendo una Mancini.

–¿Quieres que me vaya?

–Sí. Te pediré un taxi.

Él se puso los pantalones y, al ver que ella no se movía, recogió su ropa y se la tiró. Sin embargo, Allegra ni siquiera hizo ademán de alcanzarla. Estaba paralizada. Y también estaba increíblemente sexy en aquella posición, sentada en la cama y con el pelo sobre sus pechos desnudos.

—No entiendo nada —acertó a decir.

—¿Qué es lo que no entiendes? —preguntó él con impaciencia—. Solo se trataba de divertirnos un rato, y el rato ha terminado. Si hubiera sabido que eras virgen, habría actuado de otra manera, pero no me has dado ninguna indicación. Te has comportado como si estuvieras encantada con lo que iba a suceder.

—Y lo estaba. Pero, aunque tenga poca experiencia en materia de hombres, sé que tu forma de poner fin a una noche de amor es sencillamente despreciable.

—Gracias por tu opinión —ironizó él, cruzándose de brazos—. Y ahora, si haces el favor de marcharte...

Allegra respiró hondo.

—¿Puedes concederme un momento de intimidad para que me vista?

Rafael estuvo a punto de decir que su repentina timidez era del todo absurda, porque ya la había visto desnuda. Sin embargo, no quería ser cruel con ella y, como necesitaba una copa, se fue al salón para servirse un whisky.

Ya se lo estaba sirviendo cuando Allegra salió de la habitación y se dirigió al ascensor de la suite, cuyas puertas se abrieron. Rafael se acordó de lo que le había dicho una vez su difunto padre: que, para un hombre decente, no había nada más importante que el honor. Y, en ese momento, no se sentía particularmente honorable.

—Adiós —dijo ella, con una voz tan triste como dulce.

Allegra se fue, y Rafael se quedó solo en la enorme estancia. Pero, en lugar de tomarse el vaso de whisky, lo lanzó con todas sus fuerzas contra la pared.

Capítulo 3

ALLEGRA entró en el despacho del abogado, nerviosa. Solo habían pasado unas horas desde el acto en memoria de su padre y el peor error de su vida. Se había ido de la suite de Rafael con la cabeza bien alta, pero su amor propio había sufrido un golpe terrible.

No entendía nada. Durante gran parte de la noche, Rafael se había mostrado maravillosamente dulce, y ella se había sentido maravillosamente deseada. ¿Había sido mentira, una simple actuación? ¿Le había vuelto a pasar lo mismo? Al parecer, aún no había aprendido la lección de que la gente no era lo que parecía, de que hacían cosas para conseguir lo que buscaban y, a continuación, se iban.

Se iban y la dejaban sola y peor que antes.

Sin embargo, esa vez no tenía motivos para sentirse traicionada. Se había acostado con un desconocido sin más intención que disfrutar del momento y, por muy mal que su atractivo amante la hubiera tratado, no estaba enamorada de él. Había cometido un error, sí. Había entregado su virginidad a un hombre que no se lo merecía. Pero no había perdido nada salvo su orgullo.

Además, había pasado por cosas mucho peores. Su padre la había abandonado cuando más lo necesitaba, y se había ido sin mirar atrás. Su madre se había sumido en la amargura y le había dado la espalda. Y, si había sobrevivido a eso, también sobreviviría a Rafael.

–¿*Signorina* Mancini? –preguntó el abogado, levantándose de su sillón–. Gracias por venir.

Allegra se sentó tras estrechar la mano del señor Fratelli, quien había insistido en que asistiera a la lectura del testamento. Su insistencia le había resultado extraña, porque no creía que su padre le hubiera dejado nada; y por otra parte, no ardía precisamente en deseos de compartir espacio con la altiva Caterina Mancini y su hija, Amalia. Pero solo serían unos minutos de incomodidad. Después, volvería a Nueva York y olvidaría lo sucedido.

–*Signorina* Wells –puntualizó Allegra, que usaba el apellido de su madre.

Fratelli asintió, miró a las tres mujeres y les dio una serie de detalles introductorios antes de entrar en materia. Allegra estaba agotada, pero hizo un esfuerzo por concentrarse en lo que estaba diciendo.

–Me temo que la situación financiera del *signor* Mancini ha sufrido algunos cambios en las últimas semanas.

–¿Qué tipo de cambios? –se interesó Caterina, clavando los ojos en él.

–Una empresa de la competencia ha adquirido todas las acciones de Mancini Technologies –respondió él.

–¿Todas? –preguntó Caterina, claramente afectada.

–Sí. Ahora pertenecen al *signor* Vitali, el dueño de V Property, que ha pasado a ser presidente de la compañía del difunto *signor* Mancini –le explicó–. De hecho, llegará en cualquier momento. Quiere hablar con ustedes para explicarles sus intenciones.

Allegra se echó hacia atrás y cerró los ojos mientras Caterina rompía a protestar. ¿Qué le importaba a ella que un desconocido hubiera comprado las acciones de la empresa de su padre? No era asunto suyo.

–Ah, ya ha llegado –dijo el señor Fratelli.

La puerta del despacho se acababa de abrir, y Allegra se quedó atónita cuando vio al alto e intimidante ejecutivo de traje azul marino que la miró de arriba abajo, sin expresar emoción alguna.

Era Rafael.

–Bienvenido, *signor* Vitali –siguió el abogado.

Rafael se sentó mientras Allegra se hundía en un mar de dudas. ¿Se había acostado con ella a sabiendas de que era la hija de Alberto Mancini? ¿Había sido una simple casualidad? ¿O tenía algo que ver con la compra de las acciones de la empresa?

Fuera como fuera, tuvo que echar mano de toda su fuerza de voluntad para no vomitar lo que había desayunado. Estaba tan alterada que no prestó atención a la conversación cada vez más tensa de sus acompañantes. Caterina gritaba, Rafael la miraba con gesto de aburrimiento y Fratelli no sabía dónde meterse.

–¡No puedes hacer eso! –exclamó la viuda en determinado momento.

–Puedo y lo haré. Mancini Technologies dejará de existir.

Allegra guardó silencio mientras Rafael les explicaba su plan para disolver la empresa de Alberto y quedarse con la totalidad de sus bienes. Luego, Fratelli tomó la palabra para añadir algo que aumentó la desesperación de Caterina: que todas las propiedades de su difunto esposo estaban ligadas a la empresa, incluida la mansión de Abruzzi y que, por tanto, había muerto prácticamente en bancarrota.

–Tú lo has matado –dijo Caterina, señalando a Rafael–. Lo sabes de sobra. Tú provocaste el infarto que lo mató. Eres un asesino.

Rafael ni siquiera se inmutó.

–No soy yo quien tiene las manos llenas de sangre, Caterina.

–¿Qué significa eso?

Rafael no dijo nada, y Allegra aprovechó la ocasión para dirigirse a Fratelli:

–¿Ya me puedo ir?

–No, todavía no, *signorina* –dijo el abogado con una sonrisa triste–. El *signor* Mancini dejó algo para usted.

–¿Para mí?

–En efecto.

Fratelli abrió uno de los cajones de la mesa y sacó una bolsita de terciopelo, que dio a la sorprendida Allegra.

Caterina y Rafael se giraron y la miraron con curiosidad. Allegra no la quería abrir delante de todo el mundo; pero era obvio que lo estaban esperando, y no tuvo más remedio que extraer el contenido.

Cuando lo vio, se quedó sin aliento: un impresionante collar de perlas del que colgaba un zafiro con forma de corazón. Pero no era la primera vez que lo veía, ni mucho menos. Había pertenecido a su abuela por parte de padre, y su madre lo llevaba con frecuencia antes de divorciarse de él.

Se le llenaron los ojos de lágrimas, aunque no por el valor de la joya. Aquel objeto demostraba que Alberto no la había olvidado. Demostraba que no la había dejado de querer.

–*Grazie* –acertó a decir, emocionada.

–También le dejó una carta.

–¿Una carta?

El abogado se la dio, y Allegra se la guardó porque no quería leerla allí. Quizá explicara los actos de su padre, el motivo por el que había guardado las distancias con ella.

–Gracias, *signor* Fratelli.

Un segundo después, se levantó de su asiento y salió del despacho con piernas temblorosas. Ya estaba en la escalera cuando Rafael apareció a grandes zancadas y le puso una mano en el brazo, recordándole las caricias de la noche anterior.

–Allegra...

Allegra rompió el contacto rápidamente.

–¿Qué quieres? No tenemos nada que decirnos.

–Me temo que sí.

–¿En serio? Pensaba que ya habías terminado conmigo –replicó Allegra, intentando mantener la calma–. Ya has conseguido tu venganza.

Él frunció el ceño.

–¿Venganza? Querrás decir «justicia».

–¿Sabías que yo era su hija cuando te acostaste conmigo? Seguro que te divertiste mucho al hacerme tuya después de haberlo arruinado.

–No sabía que fueras la hija de Alberto. De haberlo sabido, no te habría dirigido la palabra. No quiero saber nada de los Mancini.

–¿Por qué? –dijo ella, extrañada por su vehemencia–. ¿Qué te hizo mi padre?

–Eso carece de importancia en este momento.

Ella se encogió de hombros.

–Como quieras. De todas formas, no me interesa nada de lo que tengas que decir.

–Yo creo que sí –insistió él–. Hicimos el amor sin preservativo, Allegra.

Allegra se quedó horrorizada. Era verdad. Estaba tan excitada cuando se acostó con él que ni siquiera se le pasó por la cabeza. Y su falta de experiencia sexual había contribuido a que lo olvidara por completo.

–Si te has quedado embarazada, quiero que me lo digas –continuó Rafael.

–¿Por qué? Dejaste bien claro que no quieres saber nada de mí –replicó ella–. ¿Por qué ibas a querer hacerte cargo de mi hijo?

–De nuestro hijo –puntualizó él.

Rafael sacó una tarjeta con su dirección y su número de teléfono, que Allegra alcanzó con inseguridad.

–Naturalmente, espero que nos estemos preocupando sin motivo. Pero soy un hombre de honor y, si te has quedado encinta, asumiré mi responsabilidad.

Allegra miró la tarjeta, que quiso romper en mil pedazos. Sin embargo, pensó que habría sido un gesto infantil, y se limitó a cerrar el puño sobre ella.

–No quiero volver a hablar contigo, Rafael.

–Lo he dicho muy en serio, Allegra.

–Y yo.

Allegra dio media vuelta y se fue escaleras abajo, con paso rápido. De hecho, no se detuvo hasta llegar a la pensión donde se alojaba. Y lo primero que hizo fue abrir la carta de su padre, que decía así:

Querida Allegra:
Perdona a este anciano por los errores que el miedo y la tristeza le empujaron a cometer. Mi re-

putación me importó más que tu cariño, y nunca me arrepentiré lo suficiente.

Tu madre adoraba este collar, pero te pertenece a ti. Te ruego que te lo quedes y que no se lo enseñes a ella.

No espero que lo comprendas. Ni mucho menos, que me perdones.

Tu padre.

Allegra rompió a llorar, y siguió llorando mientras leía la carta una y otra vez, intentando entender. ¿Qué significaba eso de que su reputación le había importado más que su cariño? Lejos de explicar nada, la misiva de Alberto suscitaba nuevas preguntas.

Y no obstante, le había pedido disculpas, insinuando que la quería.

Pero, si la quería, ¿por qué la había abandonado?

Tras hablar con Allegra, Rafael volvió al despacho del abogado. Se sentía culpable por haberla tratado tan mal la noche anterior. Pero ¿qué podía hacer? Alberto Mancini había matado a su padre. Comparado con eso, su comportamiento con la hija del asesino era un detalle sin importancia.

En cuanto al posible embarazo, había sido sincero al decir que estaba dispuesto a asumir su responsabilidad. Sin embargo, esperaba que no estuviera embarazada. Habría dado cualquier cosa con tal de que no lo estuviera; cualquier cosa con tal de haberse refrenado la noche anterior o, mejor aún, de no haberse acostado con ella.

¿O se estaba mintiendo a sí mismo?

Rafael lo sopesó y llegó a la conclusión de que era un mentiroso. Había sido una noche increíble, absolutamente abrumadora, la mejor experiencia sexual de toda su vida. Había olvidado el preservativo porque estaba tan excitado que no podía pensar en nada más. E, incluso después de saber que era la hija de Alberto Mancini, la deseaba tanto que habría hecho el amor con ella toda la mañana.

—¿*Signor* Vitali? ¿Quiere añadir algo mas?

Rafael parpadeó y miró al abogado, a la viuda y a su hija. Pensaba que se alegraría al ver la cara de Caterina Mancini; pero, a pesar de saber que era una cazafortunas, le dio pena. No tenía nada que ver con su venganza. Y, si era verdad que su difunto esposo había fallecido por un infarto causado por él, también lo era la acusación de aquella mujer.

Había matado a Alberto Mancini. Lo había matado, igual que Alberto a su padre.

Una vez más, Rafael se sintió culpable. Pero su sentimiento de culpabilidad no duró mucho. Si sus actos habían causado la muerte de ese hombre, tanto mejor. Había conseguido lo que se merecía. Se había hecho justicia.

O eso quiso creer.

Allegra volvió a Nueva York como si estuviera en un trance, desesperada por escapar del dolor y los recuerdos. Sin embargo, el mundo pareció corregirse un poco cuando llegó al edificio donde vivía, en el East Village.

Tras saludar a Anton, que era su jefe y casero, subió

a su apartamento, cerró la puerta y se acercó al equipo de música para poner su tema preferido de Shostakovich, pero no pudo. Le recordaba a Rafael, así que puso algo de Elgar y se sentó en el sofá, intentando refrenar las lágrimas. Todo estaba tranquilo. Solo se oía la música y el rumor del tráfico, apenas perceptible en un sexto piso.

Pocos minutos después, sonó el teléfono. Era Jennifer, su madre.

—¿Y bien? ¿Te ha dejado algo? ¿Me ha dejado algo a mí? —preguntó sin más.

Allegra respiró hondo.

—No nos ha dejado nada, mamá —respondió, pensando en el collar de perlas—. Aunque no tenía mucho que dejar.

—¿Que no tenía mucho? ¿Cómo es posible?

Allegra le contó que Rafael Vitali había comprado todas las acciones de Mancini Technologies y se había quedado con la empresa, aunque no dio más detalles. E incluso consiguió que su voz sonara normal, como si no hubiera pasado nada relevante, como si no estuviera afectada.

—¿Vitali? ¿Se ha quedado con ella?

—Sí.

—Bueno, supongo que no es asunto nuestro.

—No, no lo es —replicó Allegra con frialdad—. Pero Caterina lo acusó de haber matado a Alberto. Dijo que él tenía la culpa de que le hubiera dado el infarto que lo mató.

Jennifer guardó silencio durante unos segundos y luego dijo, sin más:

—Todo ha terminado.

Allegra pensó que tenía razón. Sí, todo había terminado. Absolutamente todo. Y ahora, tendría que aprender a vivir con el recuerdo de haberse acostado con el hombre que, según Caterina Mancini, había matado a su padre.

Durante las semanas posteriores, Allegra hizo lo posible por volver a la normalidad. Trabajaba en el café, charlaba con los clientes, paseaba por el parque e intentaba disfrutar de los pequeños placeres de la vida. Pero, tras conocer las mieles del sexo, todo lo demás le parecía gris y aburrido.

Echaba de menos a Rafael. Quizá fuera una estupidez, teniendo en cuenta lo mal que la había tratado, pero lo echaba terriblemente de menos. Y por mucho que lo intentaba, no conseguía olvidarlo.

Ya había pasado un mes desde su vuelta a Nueva York cuando una mañana vomitó el desayuno. Allegra no le dio importancia, y lo achacó a la pizza que se había comido la noche anterior. Pero volvió a vomitar a la mañana siguiente, lo cual la puso en guardia. Y, tras vomitar una tercera vez, se hizo una prueba de embarazo.

Cuando vio que el resultado era positivo, se quedó helada. Le parecía increíblemente injusto que se hubiera quedado embarazada en su primera experiencia sexual y, para empeorar las cosas, de un hombre que la había echado de su habitación.

Allegra nunca se había planteado la posibilidad de tener hijos; o, por lo menos, no se la había planteado en serio. A fin de cuentas, no estaba saliendo con nadie, y no esperaba tener pareja a corto o medio plazo. Pero, mientras pensaba en ello, se sintió dominada por un desconcertante e inesperado sentimiento maternal. Estaba esperando un bebé. Y, si lo tenía, tendría alguien a quien amar, alguien con quien formar una familia.

De repente, la idea de tenerlo le pareció absolutamente maravillosa. Sería la mejor madre del mundo. No lo castigaría con su amargura y sus frustraciones, como Jennifer había hecho con ella. No lo abandonaría como la había abandonado su padre. Le daría todo su amor, pasara lo que pasara.

Allegra se llevó una mano al estómago y cerró los ojos. Iba a tener un bebé. Un nuevo principio. Una oportunidad de ser feliz.

Capítulo 4

¿RAFAEL?

Rafael se giró hacia la mujer de voz seductora y juguetona con la que había ligado en un bar. Era una rubia perfecta, de piernas largas, pechos tentadores y labios pecaminosos. Pero, sorprendentemente, no le llamaba la atención. Ni siquiera recordaba su nombre. Y no quería estar con ella.

–Puedes irte –dijo.

–¿Cómo?

Ella lo miró con indignación y él, con aburrimiento y disgusto. No la había tocado. No había tocado a ninguna mujer desde su experiencia nocturna con Allegra. Su libido estaba muerta desde entonces.

–Lo he dicho en serio. Márchate.

Rafael señaló la puerta de su ático de París, adonde había ido por un asunto de negocios. La rubia se levantó y se fue con gesto altivo, mientras él pensaba que acababa de hacer lo mismo que había hecho en Italia: echar a una mujer de su habitación. Corría el riesgo de convertirlo en costumbre.

Pero ¿qué podía hacer? Estaba enfadado con todo, y lo estaba por culpa de Allegra. Esperaba que lo llamara por teléfono, que tuviera la cortesía de informarle sobre su estado. Y no lo había llamado.

Sin embargo, Rafael se dijo que su silencio era una buena noticia. Seguramente, significaba que no se había quedado embarazada y que él podía seguir con su vida. Podía olvidar el cuerpo y la sonrisa de Allegra Wells. Podía olvidar la emoción que había observado en su bello rostro mientras escuchaban a Shostakovich.

Allegra carecía de importancia. Solo había sido otra de sus muchas amantes. Y, a decir verdad, la quería tan lejos como fuera posible. Ya había terminado con los Mancini, ya se había quedado con el negocio de su enemigo, ya había desmantelado el imperio que Alberto había construido sobre el cadáver de su padre.

Por fin se había hecho justicia.

Pero, desgraciadamente, no tenía a nadie con quien compartir su victoria. Sus padres habían muerto, y desconocía el paradero de Angelica, su hermana. La familia a la que había jurado proteger estaba destruida. Y se sentía vacío. Como si le faltara algo. Como si le faltara alguien.

—Está un poco frío.

Allegra se estremeció al sentir el contacto del helado gel que le pusieron en el estómago antes de pasarle el ecógrafo. Llevaba dieciocho semanas de embarazo, y ardía en deseos de ver a su bebé.

Ansiosa, giró la cabeza hacia la pantalla en blanco y negro, donde aparecieron la cabeza, los brazos y las piernas de la pequeña criatura que llevaba en su interior. Estaba tan contenta que derramó unas lágrimas de alegría, aunque no se podía decir que hubiera sido un embarazo fácil. Cuatro meses de náuseas y vómitos, con dos visitas al hospital por problemas de deshidratación. Y, por supuesto, sin dejar de trabajar.

¿Cómo se las iba a arreglar cuando naciera? ¿Sería capaz de sacarlo adelante en un apartamento minúsculo y con un sueldo igualmente irrisorio? Sobre todo, estando sola, porque había tomado la decisión de no decirle nada a Rafael.

No quería que su hijo tuviera un padre como el que ella había tenido. No quería que lo abandonara de repente y sin ninguna explicación.

Allegra aún no había encontrado el coraje necesario para interrogar a su madre sobre la desconcertante carta de Alberto. Evidentemente, había pasado algo que ella desconocía; algo que quizá explicaba su marcha. Pero, fuera lo que fuera, Rafael Vitali se parecía demasiado a su difunto padre. No podía confiar en él.

—Vuelvo enseguida —dijo súbitamente la enfermera.

Allegra la miró con perplejidad, preguntándose si era normal que una profesional se marchara de repente en mitad de una ecografía. Y su desconcierto aumentó cuando, momentos después, reapareció en compañía de un médico.

—¿Qué ocurre?

—Espere un momento, señorita Wells.

El médico escudriñó la pantalla del ordenador y, tras fruncir el ceño, dijo algo a la enfermera. Pero lo dijo en voz tan baja que Allegra no lo entendió.

—Por favor, dígame lo que pasa. Se lo ruego.

El médico guardó silencio y siguió mirando la pantalla. La enfermera le dio una toallita para que se limpiara el gel y dijo:

—Tenga paciencia. El doctor Stein se lo explicará.

Momentos más tarde, Allegra tuvo todas las respuestas que necesitaba, aunque no fueran precisamente halagüeñas. Por lo visto, su bebé tenía un defecto cardíaco.

–¿Un defecto cardíaco? ¿Qué significa eso, exactamente? –replicó ella con voz temblorosa.

–Tiene un problema genético que podría ser mortal. Le haremos una amniocentesis tan pronto como sea posible, para estar completamente seguros –contestó el doctor Stein–. Las ecografías no son concluyentes en este caso. Podrían ser varias cosas.

–Pero cree que es grave, ¿verdad?

El doctor Stein la miró con gravedad y asintió.

–Sí, así es. Sin embargo, no lo sabremos hasta que le hagamos esa prueba.

–¿Y cuándo me la podrán hacer?

–Me temo que habrá que esperar un poco, unas tres semanas.

Allegra salió de la consulta en tal estado que apenas fue consciente del camino que la llevó a casa. Cuando estaba abriendo la puerta, Anton salió de su piso para interesarse por su visita al médico, y ella ni siquiera supo qué le contestó. El mundo le parecía repentinamente ajeno, como si estuviera en otra dimensión. Había dejado de tener importancia.

Se tumbó en la cama y se llevó una mano al estómago. Había soportado los mareos y los vómitos del embarazo a duras penas, siguiendo con su vida y procurando no pensar en el futuro. Y ahora cabía la posibilidad de que no hubiera futuro. Pero no lo sabría hasta tres semanas después.

En su desesperación, pensó que había cometido un

error al no decírselo a Rafael. Era el padre del bebé y, aunque se hubiera portado mal con ella, tenía derecho a estar informado. Sin embargo, se resistió al impulso de llamarlo por teléfono. No se sentía con fuerzas para enfrentarse a él; sobre todo, porque era evidente que se enfadaría mucho al saber que le había ocultado la verdad.

Desde su encuentro en Roma, Allegra se había esforzado por quitarse a Rafael de la cabeza. Se había convencido de que decírselo no era tan importante y de que, en todo caso, esa decisión podía esperar. A fin de cuentas, aún faltaban varios meses para el parto. Y no podía tomar una decisión tan grave cuando no estaba segura de lo que debía hacer. Necesitaba pensar, aclararse las ideas.

Lamentablemente, el problema del bebé lo cambiaba todo. Ya no tenía tiempo de sobra. Estaba obligada a tomar decisiones con urgencia, y a tomarlas por duras que fueran. Y Rafael tenía que formar parte de ese proceso, aunque hablar con él le diera miedo.

Dos días antes de que le hicieran la prueba, Allegra sacó la tarjeta que Rafael le había dado en el despacho del señor Fratelli y marcó su número.

Rafael contestó casi de inmediato.

–¿Dígame?

–Soy Allegra –dijo ella sin más.

Rafael guardó silencio durante un par de segundos.

–¿Qué quieres?

Ella respiró hondo.

–Te llamo porque ha pasado algo. Estoy embarazada, y...

−¿Cómo? −la interrumpió él−. ¿Estás embarazada de mí?

−Sí, claro.

−¿Y por qué no me lo habías dicho? ¡Ya estarás a mitad del embarazo!

−Casi.

−Entonces, ¿por qué...?

−Escúchame un momento, Rafael. Me hicieron una ecografía y descubrieron que el bebé tiene un problema. Un problema grave.

−¿De qué tipo de problema estamos hablando?

−De un defecto genético, algo del corazón −respondió Allegra−. Me harán una amniocentesis dentro de dos días.

−¿En Nueva York?

−Sí.

−Allí estaré.

−No hace falta que...

−Por supuesto que hace falta. Soy su padre, ¿no?

−Sí, lo eres.

−Pues no se hable más. Te llamaré mañana para que me des los detalles.

Allegra había llamado a Rafael sin saber cómo iba a reaccionar, pero jamás habría pensado que reaccionaría de ese modo. Cuando colgó el teléfono, estaba tan asombrada como aliviada. Se había acostumbrado a hacer las cosas por su cuenta, sin ayuda de nadie; pero no quería estar sola en esas circunstancias.

Sin embargo, se trataba de Rafael. Tendría que andarse con cuidado; y no solo por su bebé, sino también por su corazón.

* * *

Rafael dio unos golpecitos nerviosos en el asiento de la limusina. Estaba en Manhattan, dirigiéndose al piso de Allegra.

La sorpresa y la furia que había sentido al saber que le había ocultado su embarazo se habían disipado ante la preocupación por la salud de su bebé. Iba a ser padre. Tendría que proteger, cuidar y amar a un ser de su propia sangre. Y estaba más que dispuesto, si es que Allegra le concedía la oportunidad.

Rafael no creía en la redención, pero pensó que ese bebé podía redimirlo en cierto modo de sus errores pasados. Incluso cabía la posibilidad de que le diera la paz y la felicidad que siempre había querido. Ya pensaría más tarde en el engaño de Allegra. Ahora tenía un problema que resolver.

La limusina se detuvo delante de un edificio alto. Rafael se acercó al portero automático y pulsó el botón del piso de Allegra mientras miraba el interior del portal. Aparentemente, no había ascensores. ¿Significaba eso que tenía que subir andando todos los días, en su estado?

—¿Sí?

—Soy yo, Rafael.

—Bajo enseguida.

Rafael se metió las manos en los bolsillos y echó un vistazo al barrio. Era una zona pobre y de aspecto peligroso, con basura por todas partes. En principio, un lugar poco apropiado para criar niños.

Allegra apareció un par de minutos después, y Rafael tuvo que hacer un esfuerzo para que no notara su sorpresa. Tenía un aspecto terrible. Estaba pálida, y había perdido peso. La camiseta y los pantalones que llevaba parecían colgar de su cuerpo como si fueran trapos en un espantapájaros.

—¿Te encuentras bien? —preguntó con preocupación—. Estás muy delgada.

—Porque he estado enferma —respondió ella, quitándole importancia.

—Deberías haberme llamado antes.

—No quiero discutir, Rafael. He tenido que echar mano de todas mis fuerzas para hablar contigo —replicó.

Rafael asintió y la ayudó a entrar en el coche. Ella apoyó la cabeza en el respaldo del asiento y soltó un suspiro de alivio, como si necesitara sentarse.

—¿Qué es eso de que has estado enferma? —se interesó él cuando arrancaron.

—No es nada. Los típicos mareos y vómitos del embarazo.

—¿Y no se puede hacer ninguna cosa? ¿No hay medicamentos que te ayuden?

—Me recetaron uno, pero es del todo inútil —dijo ella—. De todas formas, ya estoy mejor. O lo estaría si no fuera por...

Allegra no terminó la frase. Se le humedecieron los ojos, y estuvo a punto de romper a llorar.

—Bueno, no te preocupes —dijo él, intentando animarla—. De momento, necesitamos saber más sobre el estado del bebé. Lo demás puede esperar.

A pesar de sus palabras, Rafael ya había tomado una decisión. No la dejaría sola, y no permitiría que siguiera viviendo en un barrio como ese. Allegra tenía que estar con él. Era la única forma de protegerla y de proteger a su bebé.

Mientras lo pensaba, se acordó de un día tan terrible

como lejano, cuando supo que su padre había muerto y se dio cuenta de que había fallado a sus seres queridos. Había sido demasiado débil, demasiado inocente. Pero no volvería a pasar. La necesidad de proteger a su familia ardía en su corazón con una energía desmesurada. Nunca había sentido nada tan intenso. Nada tan profundo.

Allegra notó la tensión de Rafael, pero no tenía las energías necesarias para interesarse por el motivo o preocuparse al respecto. Estaba completamente concentrada en lo que tenía por delante.

Casi no había dormido. La prueba y su posible resultado pesaban de tal manera en ella que ni siquiera había pensado en su cita con Rafael. Y ahora estaba allí, a su lado, volviéndola loca con su aroma, empujándola a recordar su noche de amor y condenándola al traicionero flechazo del deseo.

No cruzaron ni una palabra más durante el trayecto en coche, pero Allegra agradeció el silencio. No estaba de humor para hablar de cosas sin importancia, y tampoco lo estaba para hablar de lo que importaba en ese momento. Se sentía tan débil que casi le dio las gracias cuando llegaron al hospital y él la ayudó a bajar del coche. Necesitaba que la tranquilizaran. Necesitaba alguien en quien poder apoyarse.

Minutos más tarde, entraron en la consulta. Allegra se tumbó en una camilla, y Rafael se sentó a poca distancia mientras una enfermera la preparaba para la prueba.

—Será breve, y no le dolerá —dijo el médico—. Le

pondré anestesia local para adormecer la zona, aunque es posible que sienta alguna molestia menor.

Al ver el tamaño de la aguja con la que el médico la iba a pinchar, Allegra extendió instintivamente un brazo y tomó de la mano a Rafael. No le dolió nada, pero se asustó de todas formas. De repente, todo le daba miedo.

Una vez terminada la prueba, Rafael la miró y dijo en voz baja:

−¿Te encuentras bien?

Ella asintió.

−Sí, creo que sí.

Allegra intentó soltarle la mano, pero él se lo impidió.

−Tienes que descansar un poco.

−Es una buena recomendación −intervino el médico−. Si tiene algo que hacer, déjelo para mañana. Es mejor que se tome el día libre.

Tras despedirse del médico, salieron del hospital y volvieron a la limusina. Pero Allegra se llevó una sorpresa, porque Rafael no pidió al chófer que los llevara a su apartamento del East Village, sino a otro sitio.

−¿Adónde vamos? −le preguntó.

−A mi hotel. Está cerca de Central Park.

Allegra sacudió la cabeza.

−No, no... Quiero ir a casa.

Rafael la miró a los ojos.

−Tu casa es completamente inadecuada para una mujer en tu estado.

−¿En mi estado? Solo estoy embarazada −protestó ella.

−En efecto. Estás embarazada, y no creo que subir seis pisos andando sea bueno para nuestro bebé.

–Oh, vamos. Hay embarazadas que hacen cosas mucho más duras que esa.

–No lo dudo, pero a mí no me preocupan el resto de las embarazadas, sino tú –replicó Rafael–. Además, tienes un aspecto terrible. Estás pálida y al borde de la extenuación. Necesitas descansar.

–Gracias por los halagos –ironizó Allegra, herida en su orgullo–. Pero, ya que te interesas tanto por mi salud, deberías saber que no tengo aspecto de cansada por subir seis pisos a pie, sino por las náuseas matinales.

–Quizá. Pero sospecho que los esfuerzos físicos no mejoran tu estado.

–¿Y qué propones? ¿Que me mude a otra casa?

–Exactamente –respondió Rafael–. Vivirás conmigo en la suite de mi hotel hasta que tengamos los resultados de la amniocentesis.

Ella lo miró con incredulidad. Necesitaba que la ayudaran, no que la controlaran. Pero, por lo visto, no podía esperar otra cosa de Rafael.

–No puedo vivir contigo. No quiero vivir contigo. Además, tengo un trabajo.

–Que consiste en estar de pie todo el día, sirviendo mesas. Pide una baja por enfermedad.

–No puedo pedir una baja.

–Pues déjalo en mis manos.

Allegra no se lo podía creer. Se comportaba como un verdadero dictador, y ella se empezaba a arrepentir de haberlo llamado.

–Esto es ridículo.

–No, no lo es.

–No puedes entrar en mi vida y empezar a dar órdenes. No lo permitiré.

Rafael se pasó una mano por el pelo, respiró hondo y soltó el aire muy despacio. Allegra tuvo la sensación de que estaba librando una especie de batalla interior, que ella desconocía.

—Mira, sé que no quieres que te digan lo que tienes que hacer. Pero, cuando lo pienses detenidamente, te darás cuenta de que tengo razón.

Ella soltó una carcajada.

—¡Hay que ver lo arrogante que eres!

Rafael frunció el ceño.

—La arrogancia no tiene nada que ver con esto. No he dicho eso porque quiera controlarte.

—¿Ah, no?

—No. Lo he dicho porque me preocupa tu salud y la del bebé.

—¿Y si me niego? ¿Qué harás?

—¿Por qué te ibas a negar? Quieres lo mejor para el bebé, ¿no?

A ella se le hizo un nudo en la garganta. ¿Estaba insinuando que no le importaba la salud del pequeño?

—Por supuesto que lo quiero.

—Entonces, estarás de acuerdo en que te convendría estar en un sitio cómodo. Es absurdo que te agotes sin motivo. Es absurdo que subas seis pisos de escaleras sin necesidad.

Allegra intentó protestar, pero él siguió hablando.

—Puede que subir escaleras no tenga ningún efecto negativo sobre tu embarazo. Pero, si existe alguna posibilidad de que lo tenga, ¿por qué te quieres arriesgar? Imagina que te pasa algo. Querrías volver atrás y corregir el error que cometiste.

Allegra entrecerró los ojos. El comentario de Rafael

había sido tan extraño que tuvo la impresión de que se estaba refiriendo a otra cosa, a algo que le había pasado a él.

—¿Qué cambiarías tú de tu pasado, Rafael? ¿Qué harías de forma diferente?

Él sacudió la cabeza.

—El pasado carece de importancia. Lo que importa es el presente. Y tienes la oportunidad de hacer lo mejor para nuestro bebé.

Allegra empezó a dudar.

—No puedes mantenerme en una burbuja. Las mujeres embarazadas deben llevar una vida normal.

—Solo te estoy pidiendo que descanses un par de semanas, hasta que te den los resultados de la prueba. Entonces, volveremos a hablar.

Allegra se sintió inmensamente abrumada. Eran demasiadas cosas en muy poco tiempo, y su capacidad de resistencia estaba al límite. Ya no podía luchar. Ni siquiera tenía fuerzas para fingirse fuerte.

—Está bien —dijo, mientras la limusina se detenía frente a uno de los hoteles más caros de la ciudad—. Tú ganas.

A Rafael le brillaron los ojos de alivio, y Allegra sospechó que su concesión tendría más consecuencias de las que se podía imaginar.

Capítulo 5

ALLEGRA parpadeó en el dormitorio principal de la suite. Se había quedado dormida minutos después de que llegaran al hotel, en cuanto su cabeza tocó la suave y cómoda almohada sobre la que descansaba ahora.

Se estiró y abrió los ojos por completo. Estaba empezando a anochecer, lo cual significaba que habían pasado varias horas desde que Rafael le concedió el dormitorio más grande, le sirvió un zumo de naranja y la acompañó a la gigantesca cama. Y no podía decir que no se sintiera bien. Era verdad que necesitaba descansar. Pero ¿qué iba a hacer en ese sitio? ¿Tendría que estar dos semanas enteras en la suite, cruzada de brazos?

Ya despejada, se levantó, se dirigió al servicio y se dio un largo y reparador baño. Luego, se vistió de nuevo y entró en el salón.

Rafael estaba trabajando con su portátil, pero alzó la vista al oírla.

–¿Has dormido bien?

–Sí, muy bien.

–¿Tienes hambre? He llamado al servicio de habitaciones y les he pedido que traigan un surtido de platos variados, con la esperanza de que te guste alguno.

–Gracias. Eres muy amable –dijo ella, que estaba hambrienta.

–En ese caso, vamos al comedor.

Allegra lo siguió hasta el comedor, que era tan elegante como el resto de las habitaciones. La suite era unas veinte veces más grande que su apartamento, y estaba decorada con cuadros, antigüedades, sedas y satenes. Casi parecía un museo; pero un museo muy particular, tan cómodo como lujoso.

–Guau... –dijo ella, sorprendida por la variedad de platos que estaban en la mesa–. Tienen un aspecto fantástico.

–Sírvete lo que quieras. Cenaremos en la terraza.

–Gracias.

Rafael le dio un plato, y Allegra se empezó a servir. Había platos de pasta y de verduras, además de ensaladas y frutas.

–¿Cómo has conseguido reservar una suite en tan poco tiempo? Tenía entendido que en este hotel es imposible. La gente espera meses para conseguir una habitación.

Él se encogió de hombros.

–No ha sido difícil. Soy el dueño del hotel.

Allegra se quedó asombrada. ¿Era el dueño del hotel? ¿De uno de los mejores hoteles de Nueva York? Siempre había sabido que Rafael era un hombre rico y poderoso, pero no se imaginaba que lo fuera hasta ese extremo. Y un hombre con tanto poder podía hacer lo que quisiera. Podía ser un verdadero peligro.

Allegra se terminó de servir y salió con él a la terraza, desde la que se veía Central Park. Había tantas plantas y farolillos que se sintió como si estuviera en el propio parque.

–Esto es precioso –dijo, sentándose a la mesa–. Gracias.

Rafael se sentó frente a ella con su plato. Llevaba pantalones de traje y una camisa blanca que contrastaba maravillosamente bien con su piel morena. Estaba tan impresionante como en Roma, o quizá más. Pero esa vez, Allegra no se iba a rendir a sus encantos. No podía. Su situación ya era bastante problemática.

–Me he encargado de que te concedan dos semanas de vacaciones en el trabajo.

–¿Qué? ¿Cómo lo has hecho?

–He hablado con tu jefe, Anton. Se ha mostrado de lo más comprensivo.

Allegra no se lo podía creer.

–No lo dudo, pero... ¿dos semanas enteras? ¿Lo crees necesario?

–Estás agotada, lo sepas o no. Y tienes que descansar.

Allegra no lo podía negar, pero su actitud no le hizo ninguna gracia. Estaba acostumbrada a ser independiente.

–No tenías derecho a hacer eso. Es mi vida, Rafael.

–Solo quiero lo mejor para ti y para el bebé.

Ella se dio cuenta de que Rafael había encontrado un comodín con el que ganaría la partida cada vez que quisiera, porque era cierto que tenía razón. Adoraba su trabajo, pero era agotador y no habría sido capaz de mantener el ritmo mucho más tiempo. Aunque no quisiera admitirlo, necesitaba un descanso.

Pero ¿cómo iba a descansar si vivía con él? Tenían demasiadas cosas que decirse, y ninguna fácil. No habían hablado de lo sucedido en Roma ni del hecho de que le hubiera ocultado su embarazo ni de la conexión que aparentemente había entre Alberto Mancini y el padre de Rafael.

Además, ni siquiera se podía decir que se conocieran. Su relación se limitaba a una noche de amor y poco más. Por supuesto, Allegra había sentido la tentación de meterse en Internet e investigarlo un poco, pero se había resistido porque no quería pensar en él. Y ahora estaban allí, sentados el uno frente al otro, con un bebé entre ellos.

Allegra no sabía qué pensar ni qué sentir. Una parte de ella quería salir huyendo, y otra le decía que se quedara en la suite. Sin embargo, su hijo era lo más importante. No tenía más remedio que aceptar la oferta de Rafael y esperar dos semanas, hasta que tuvieran los resultados de la prueba.

Pasaron la noche en el sofá del salón, viendo películas en un televisor que estaba oculto detrás de un cuadro. Tras los tensos minutos iniciales, Allegra se empezó a relajar, encantada de no tener que pensar y de sentir el calor de Rafael, cuya pierna rozaba la suya. Casi parecían una pareja normal y corriente.

Pero no lo eran.

A la mañana siguiente, Rafael sugirió que fueran al piso del East Village a recoger sus pertenencias, cosa que hicieron. Allegra se sintió rara al verlo en su espacio más personal, mirando sus pósters, sus escasas fotografías y sus libros de cocina.

—No sabía que tocaras —dijo él al ver un violonchelo.

Ella apartó la vista, incómoda. A decir verdad, no había tocado ni una sola vez desde los dieciocho años.

—Y no toco —replicó.

—¿Quieres que lo llevemos al hotel?

–No. No voy a tocar.

–¿Estás segura?

–Sí.

Él la miró un momento y entrecerró los ojos, como intentando adivinar lo que estaba pensando. Pero Allegra volvió a apartar la vista, porque no quería hablar de su complicada relación con la música, de lo mucho que significaba para ella ni de la razón por la que había dejado de tocar el violonchelo.

Por suerte, Rafael no la presionó y, después de recoger su ropa, varios libros y unos cuantos objetos más, regresaron al hotel.

Allegra se enfrentó entonces a otro problema, uno que ya no podía postergar: llamar por teléfono a su madre. Aunque vivían en la misma ciudad, no se veían casi nunca. Jennifer tenía un piso en el Upper East Side, donde intentaba llevar su vida con ayuda de sus múltiples amantes y a pesar de su inmensa amargura. Dijera lo que dijera, no se había recuperado de su divorcio.

Por supuesto, Jennifer no había mostrado interés por el embarazo de su hija, salvo para recordarle que ser madre soltera no era ninguna fiesta y para reiterarle lo mucho que había sufrido por su culpa. Sin embargo, Allegra estaba segura de que su interés aumentaría notablemente cuando supiera que el padre del bebé era rico; y también lo estaba de que le haría todo tipo de preguntas, preguntas que no tenía ganas de contestar.

Tras dejar sus cosas en el dormitorio, y aprovechando que Rafael se había quedado en el salón, decidió llamarla.

–¿Cómo dices? –preguntó Jennifer cuando le contó que estaba en el hotel.

Allegra respiró hondo.

—Solo serán unas semanas, mamá. Rafael Vitali es...
el padre del bebé. Estuvimos juntos en Italia.

—¿Rafael Vitali? ¿El hijo de Marco Vitali?

Allegra parpadeó, insegura.

—No lo sé. Supongo que sí. ¿Es que conoces a su
padre?

—Alberto y él hicieron negocios hace tiempo, pero
no salieron bien.

—¿Qué quiere decir que no salieron bien?

—Nada, olvídalo —replicó su madre—. Es agua pasada. Pero ten cuidado con ese hombre. Tu padre no
confiaba en el suyo, y yo no confiaría en él.

Allegra tampoco confiaba en Rafael, pero se sintió
obligada a defenderlo.

—No te preocupes por mí. Rafael solo quiere lo mejor para el bebé.

Cuando terminaron de hablar, Allegra se despidió de
Jennifer y volvió al salón.

—¿Has hablado con tu madre? —preguntó él.

Allegra asintió.

—Sí. Ha mencionado que tu padre y el mío hicieron
negocios, y que no salieron bien.

Rafael guardó silencio durante un par de segundos.

—Sí, es verdad. Trabajaron juntos en un dispositivo
de telefonía móvil que ahora se consideraría obsoleto,
pero acabaron peleados.

—¿Peleados? —preguntó ella, con la sensación de que
había pasado algo grave entre los dos—. ¿Por eso te
quedaste con la empresa de mi padre? ¿Fue algún tipo
de venganza?

—Venganza, no. Justicia —puntualizó él.

–¿Qué significa eso? ¿Qué me estás ocultando?

Rafael frunció el ceño.

–Son cosas del pasado. Es mejor dejarlas como están.

–Pero tiene que ser algo importante, porque...

–Lo único importante es tu bienestar –la interrumpió él–. Y hablando de tu bienestar, he llamado al spa y te he reservado unos tratamientos que te ayudarán a relajarte. Están pensados específicamente para mujeres embarazadas.

–Oh –dijo ella, sorprendida otra vez–. Gracias.

Allegra no podía estar más desconcertada. Rafael tenía la habilidad de pasar de la frialdad más absoluta a la caballerosidad más apabullante en cuestión de segundos. Pero... ¿cómo era en realidad? ¿Cómo era el verdadero hombre que se ocultaba bajo su fachada? Y fuera como fuera, ¿podría confiar en él?

Rafael se dedicó a pasear por la suite mientras esperaba a que Allegra volviera del spa. Estaba nervioso, aunque no sabía por qué. O, al menos, no lo sabía exactamente. Desde que ella había vuelto a su vida, se sentía atrapado entre la indignación por su intento de ocultarle el embarazo y el deseo de protegerla.

Una vez más, se acordó del día en que falló a su familia, de sus puños golpeando la puerta del despacho de su padre, de las inútiles palabras que pronunció. Y, desde luego, se acordó del después: de la palidez de su madre, de la desesperación de su hermana, de la desintegración de su familia.

Les había fallado, y no iba a hacer lo mismo con

Allegra. Eso era inaceptable. No lo permitiría. Haría todo lo que estuviera en su mano por mantenerla a salvo.

Sin embargo, eso no significaba que estuviera dispuesto a decirle toda la verdad. Evidentemente, Allegra querría saber algo más de su padre y de su enfrentamiento con Alberto; pero eso podía arruinar su relación. Por muy mal que Alberto se hubiera portado con ella, seguía siendo su hija. Si le daba demasiados detalles, complicaría la situación y dañaría el débil lazo que se estaba formando entre ellos. Además, solo eran cosas del pasado; cosas que debían seguir ocultas.

Allegra entró en la suite con una sonrisa en los labios, y a Rafael le pareció tan encantadora que le dejó sin aliento.

–¿Qué tal te ha ido?

–Muy bien. No había estado más relajada en toda mi vida –le confesó ella sin dejar de sonreír–. Nunca me habían dado un masaje, ¿sabes? ¡Y mira mis uñas!

Allegra le enseñó las uñas, que ahora estaban pintadas de un rosa claro. Rafael se acercó, las admiró un momento y, sin darse cuenta de lo que hacía, se inclinó y la besó en los labios. Fue tan sorprendente para él como para ella, y los dos sintieron el mismo placer. Pero, al cabo de unos segundos, Allegra rompió el contacto y sacudió la cabeza.

–No, no. Lo siento. No podemos...

Rafael asintió, consciente de que estaba en lo cierto. No se podían complicar la vida de esa manera. Aunque lo deseara con todas sus fuerzas, aunque estuviera terriblemente excitado, aunque su corazón latiera con desenfreno.

Allegra le lanzó una mirada dubitativa, como si no supiera qué hacer. Las pupilas se le habían dilatado, y sus labios seguían entreabiertos en una muda invitación.

Rafael clavó la vista en sus ojos y se dijo que solo era cuestión de tiempo. No podrían hacer nada mientras siguieran preocupados por la salud del bebé, con todo en un estado de incertidumbre. Pero el momento llegaría. Tenía que llegar.

Capítulo 6

TENGO una sorpresa para ti.

Allegra apartó la vista del libro que estaba leyendo y miró a Rafael, que sonreía desde la entrada del salón.

Habían sido diez días tan extraños como inquietantes para ella, diez días viviendo con el hombre que la había dejado embarazada. Y al principio, había sido difícil; pero establecieron una especie de normalidad rutinaria, y Allegra se empezó a sentir mejor.

Rafael estaba casi todo el tiempo en el centro de negocios del hotel, donde iba a trabajar. Además, salía bastantes noches, así que se veían mucho menos de lo que ella se había imaginado. Pero, en lugar de sentirse aliviada por su falta de contacto, se sentía decepcionada. Y eso le causaba una profunda irritación.

Sin embargo, no podía negar que Rafael había cambiado de actitud. Se mostraba de lo más amable. Le organizaba visitas privadas a museos, le pedía taxis cuando lo necesitaba y hasta se había encargado de que le llevaran los ingredientes necesarios para cocinar, porque se acordó de sus libros de cocina y dedujo que le divertía, lo cual era cierto.

Allegra llevaba una vida absolutamente relajada. No

hacía mucho más que experimentar con recetas nuevas, aprovechando que ya no tenía tantas náuseas. Pero su nueva y tranquila existencia era un espejismo, porque la mente de Allegra volvía una y otra vez al beso que se habían dado cuando volvió del spa. Solo había sido un roce, una caricia. Y, sin embargo, pensaba en él constantemente.

—¿Una sorpresa? ¿Qué tipo de sorpresa? —preguntó ella.

Rafael se sacó dos entradas del bolsillo interior de la chaqueta.

—Un concierto de la Filarmónica de Nueva York. Suites de Bach en el Lincoln Center, y todas de violonchelo.

—¡Ah! —dijo ella, encantada—. Qué maravilla... ¿Cuándo es?

—Mañana por la noche.

La sonrisa de Allegra se esfumó.

—¿Y qué me voy a poner? Solo tengo un par de vestidos de embarazada, y no son precisamente elegantes.

—Eso no será un problema. He llamado a Amanda, una de los mejores diseñadores de la ciudad. Le he pedido que venga con una selección de vestidos de noche para mujeres en tu estado. Podrás elegir lo que te guste.

—Oh, vaya —dijo ella, nuevamente sorprendida por su amabilidad—. Gracias, Rafael. Gracias por todo. Te estás portando muy bien conmigo.

Rafael se encogió de hombros.

—Pensé que necesitabas distraerte, y cuando vi que era un concierto de violonchelo...

—Eres muy atento —reiteró ella—. Y sí, tienes razón, necesito distraerme un poco.

Él asintió y le concedió otra de sus escasas y abrumadoras sonrisas.

A la mañana siguiente, una glamurosa mujer vestida de negro se presentó en la suite con dos ayudantes y varias bolsas de ropa. Mientras Allegra desayunaba, los ayudantes sacaron los distintos vestidos de noche y se los enseñaron. Allegra no se había sentido tan mimada en toda su vida.

—No sé qué elegir –admitió.

—Con el color de su piel, le aconsejo el azul grisáceo. Enfatizará sus ojos, y hará maravillas con su figura.

—¿Usted cree? –preguntó Allegra mientras miraba la prenda en cuestión, completamente abierta por la espalda–. No sé, la verdad. ¿No es un poco atrevido?

—¿Y eso qué tiene de malo? ¿Quién ha dicho que una mujer embarazada no pueda ser sexy? –alegó Amanda–. Está absolutamente radiante. Deje que el mundo la vea.

Allegra soltó una carcajada.

—A decir verdad, no me he sentido radiante desde que me quedé encinta. Estoy cansada todo el tiempo. Me siento como un trapo viejo.

—Pues ahora no lo parece –dijo Amanda con firmeza–. Y, desde luego, no lo parecerá con ese vestido.

Convencida, Allegra se lo probó y se miró en el espejo. Estaba preciosa, aunque casi no se reconoció. La prenda acentuaba sus henchidos senos y se ajustaba maravillosamente a sus henchidos, para caer después hasta sus tobillos. Pero, al acordarse de Rafael, se ruborizó. ¿Qué pensaría cuando la viera así? ¿No llegaría a la conclusión de que intentaba impresionarlo? ¿Y no sería una conclusión acertada?

–No sé...

–Confíe en mí. Ningún hombre se le resistirá con ese vestido; y mucho menos, el padre de su bebé.

Allegra se preguntó si debía estar irresistible delante de Rafael. El sexo entre ellos estaba fuera de cuestión, porque solo complicaría las cosas. Pero, por otra parte, estaba cansada de sentirse fea. Y la idea de que Rafael la mirara otra vez con deseo era de lo más tentadora.

Aquella noche, mientras se vestía para la velada, empezó a tener dudas sobre su decisión de elegir un vestido tan sexy. Efectivamente, cabía la posibilidad de que Rafael desconfiara de ella y pensara que intentaba seducirlo. Ahora bien, ¿intentaba seducirlo de verdad? Ni la propia Allegra lo sabía.

Fuera como fuera, le pareció excesivo para un simple concierto de la Filarmónica. Muchas personas iban con ropa de calle, como camisetas y vaqueros. Además, Amanda había insistido en que lo combinara con el collar de perlas de su padre y unos zapatos de tacón de aguja, lo cual aumentaba su elegancia. Pero, a pesar de ello, se alegraba de sentirse bella. De hecho, nunca se había sentido mejor.

Cuando salió del dormitorio, estaba tan nerviosa que ni siquiera fue capaz de sonreír. Y se puso todavía más nerviosa al ver a Rafael, que estaba magnífico con su camisa blanca y su esmoquin negro. Irradiaba la misma energía que la había empujado a sus brazos durante su estancia en Roma.

–¿No te parece demasiado? –preguntó ella con una risita de inseguridad–. Me refiero al vestido, claro.

–¿Demasiado? –dijo él, devorándola con los ojos–. Estás... increíblemente sexy.

Ella sonrió de oreja a oreja, sin poder evitarlo. Su voz interior le dijo que no debía sentirse tan halagada, que no debía dar importancia a la opinión de Rafael. Pero la voz se desvaneció ante su encantadora sonrisa.

Aquella noche, serían una mujer bella y un hombre impresionante que iban juntos a un concierto. Allegra no quería ser sensata. Quería divertirse. Quería olvidar que no confiaba en él. Quería actuar como si no hubiera futuro. Quería dejar atrás sus preocupaciones. Quería disfrutar de la magia del presente.

Y eso fue lo que hizo.

Rafael nunca la había visto tan guapa. Estaba sencillamente arrebatadora. El vestido azul grisáceo hacía maravillas con sus curvas, incluido el leve abultamiento de su estómago, que desató en él un profundo e intenso sentimiento de posesión.

Allegra era suya, pasara lo que pasara con la prueba y pasara lo que pasara con el bebé. Era suya en cualquier caso, y lo era para protegerla, ayudarla y poseerla.

Pero, momentos después, vio el collar que llevaba al cuello y se acordó de todo lo que les separaba. Su padre era el difunto Alberto Mancini, el hombre que había llevado la desgracia a su familia. Y aunque Allegra no supiera lo que había pasado, Rafael era demasiado consciente de una historia que había marcado su vida por completo.

Ella frunció el ceño, dándose cuenta de que le pasaba algo, y él hizo un esfuerzo por olvidar sus fantasmas personales. No tenían derecho a estropearles la velada. Solo quería disfrutar de la noche y de la mujer que le iba a dar un bebé.

Por fin, la tomó de la mano y la llevó hasta la limusina que los esperaba en la calle. El ambiente estaba cargado de tensión sexual, aunque Rafael no quiso hacerse ilusiones. Solo se habían besado una vez desde que vivían juntos, y no esperaba que las cosas cambiaran esa noche. Además, tuvo miedo de lo que pudiera ocurrir si se dejaba llevar por el deseo. Era capaz de desnudarla en el coche y tomarla allí mismo.

Sin embargo, el deseo que sentía no le pareció tan inquietante como su deseo de dar placer a Allegra. Durante la semana anterior, se había sorprendido a sí mismo llevándole pequeños regalos sin más intención que ganarse su aprecio. Intentaba convencerse de que lo hacía porque era su obligación, porque se había comprometido a cuidar de ella; pero sabía que se estaba engañando.

En cualquier caso, no quería sentir nada por Allegra Wells. Había perdido a todas las personas que le importaban, y no estaba dispuesto a pasar por eso otra vez. Era demasiado doloroso. No quería que le volvieran a partir el corazón.

Ya en el Lincoln Center, Allegra se giró hacia su acompañante y clavó en él sus grandes ojos grises, encantada con la belleza del lugar.

—Esto es maravilloso, Rafael. Gracias.

Rafael la llevó a sus asientos, donde se acomodaron. Y Allegra se mostró tan entusiasmada con el programa del acto que él le preguntó:

—¿No has estado antes en ningún concierto de la Filarmónica?

Ella arrugó la nariz.

—¿Tanto se nota que no? —replicó.

—Sí, pero lo encuentro encantador —dijo él—. Sin embargo, me extraña bastante. Eres neoyorquina y, además, te encanta la música.

Allegra se encogió de hombros.

—Voy a muchos conciertos, pero siempre son gratuitos. Es la primera vez que vengo al Lincoln Center.

—¿Y eso? —preguntó, sorprendido.

Ella se rio.

—Yo no soy millonaria, Rafael.

La afirmación de Allegra aumentó su perplejidad.

—¿Cómo que no? Tu padre tenía mucho dinero.

—Sí, mi padre tenía un montón de dinero; pero nosotras, no. Mi madre no sacó nada de su divorcio.

Rafael frunció el ceño.

—¿No llegaron a ningún tipo de acuerdo económico?

—No. Y no recibimos ni un penique, aunque no sé por qué.

—Qué extraño... Me parece increíble que tu madre no llevara el asunto a los tribunales. ¿Por qué se lo permitió?

—No lo sé. Yo solo tenía doce años, y no le pregunté en su momento.

—¿Y después?

—Tampoco. No es un tema del que le guste hablar. Mi madre está llena de amargura —contestó Allegra—. Lo único que puedo decir al respecto es que Alberto dispuso las cosas de tal manera que nos quedamos sin nada.

Rafael pensó que su sorpresa no tenía sentido, porque era consciente de que Mancini había sido un hombre implacable. Pero le sorprendió de todas formas. Le parecía increíble que hubiera dejado a su propia hija en la estacada.

—¿Y cómo sobrevivisteis?

—Bueno, mi madre vendió las joyas que tenía y, cuando se acabó el dinero, empezó a vivir de sus amantes —respondió ella con tristeza—. Sé que suena mal, pero es cierto. Está acostumbrada al lujo, y no soporta haber perdido su estatus.

—¿Y tú? ¿Tampoco lo soportas?

Allegra se volvió a encoger de hombros.

—A mí no me importan esas cosas. Además, me gano la vida por mi cuenta. Empecé a trabajar a los dieciocho años.

—A los dieciocho años —repitió él, nuevamente sorprendido—. ¿Fuiste a la universidad?

Ella sacudió la cabeza.

—No. Pensé que no era para mí.

Por la expresión de Allegra, Rafael supo que no le había dicho toda la verdad. Se había callado algo. Pero no quiso presionarla.

—¿Y tú? ¿Hiciste una carrera?

—No, yo también empecé a trabajar cuando era joven, aunque en mi caso fue a los dieciséis años. Mi familia necesitaba el dinero.

—Pues ya tenemos algo en común.

Él la miró y sonrió.

—Sí, supongo que sí.

Las luces del Lincoln Center se apagaron en ese momento, y la orquesta empezó a tocar. Rafael no era un entendido en cuestiones musicales, pero le encantó la expresión de Allegra. Estaba verdaderamente extasiada con las suites de Bach. Estaba como si la hubieran hechizado. Y él, que no había visto un interés tan puro y profundo en toda su vida, se emocionó.

Cuando terminó el concierto y se levantaron, Allegra soltó una risita de vergüenza. Sus ojos se habían llenado de lágrimas.

–Lo siento. La música me afecta mucho –se disculpó.

Rafael le secó las lágrimas que ya caían por sus mejillas, y clavó la vista en sus ojos durante unos segundos que le parecieron una eternidad. Ya no tenía ninguna duda. Las pupilas de Allegra estaban tan cargadas de deseo como las suyas. Y ya no era el deseo de Roma, el deseo de dos desconocidos, sino un deseo mucho más intenso y peligroso.

Ni ella ni él dijeron nada durante el trayecto al hotel. Rafael ardía en deseos de acariciar su cabello, quitarle las horquillas que lo constreñían y asaltar su boca. Se imaginó metiendo las manos bajo su vestido y poniéndola encima de sus piernas para hacerle el amor. Pero refrenó sus impulsos a duras penas. O, por lo menos, los refrenó hasta llegar a la suite, cuando Allegra soltó un suspiro de lo más elocuente.

En ese momento, Rafael supo que estaba en su misma situación y que sentía exactamente lo mismo. Todo volvía a ser posible. Podían hacer lo que quisieran.

–Allegra...

Rafael alzó una mano y le acarició el hombro, pensando que su piel era tan suave como recordaba. Allegra se estremeció de placer, sin intención alguna de disimular. Y justo entonces, sonó el teléfono de ella.

Destrozada la magia, Allegra se apartó y miró la pantalla del móvil con el ceño fruncido.

–¿Qué ocurre? –preguntó él, preocupado.

Ella tragó saliva.

–No lo sé. Es un mensaje de voz del médico.

–¿Ha llamado esta noche, mientras estábamos en el concierto?

–No, parece que ha llamado esta tarde, aunque no lo he oído –contestó ella–. Acabo de recibir la notificación.

–¿Y qué dice?

–Te lo diré cuando lo oiga.

Allegra pulsó unos botones y se llevó el teléfono a la oreja. Rafael la observó con sumo interés, cada vez más angustiado.

–¿Y bien? ¿Qué pasa?

Ella suspiró.

–No hay mucho que contar. Ha dicho que acaba de recibir los resultados de la prueba y que quiere hablar con nosotros mañana por la mañana, a las diez.

Rafael se pasó una mano por el pelo, tenso.

–Bueno, al menos saldremos de dudas –comentó.

–Sí, supongo que sí.

Allegra se guardó el teléfono. Tenía un aspecto tan frágil que Rafael quiso tomarla entre sus brazos, pero ella se recuperó enseguida.

–Será mejor que me vaya a la cama –dijo–. Es tarde.

–Allegra, yo...

Rafael no terminó la frase. Ni siquiera sabía lo que quería decir. Solo sabía que necesitaba abrazarla y darle algún tipo de consuelo, por difícil que fuera. Pero nadie habría podido hacer nada en ese momento. Los dos eran conscientes de que pasaría lo que tuviera que pasar, de que el futuro de su hijo no estaba en sus manos.

–Buenas noches, Rafael.

Allegra se alejó hacia su dormitorio, y Rafael la miró con un nudo en la garganta. Odiaba verla así, muerta de miedo. Tan asustada como él.

Capítulo 7

ALLEGRA no podía dormir. Estaba en la cama, mirando al techo y pensando en la velada con Rafael. Había sido una noche mágica: la música, el ambiente y su intenso cruce de miradas cuando llegaron a la suite, roto de forma brusca por la conciencia de que todo aquello era efímero, y de que al día siguiente tendrían que enfrentarse con la dura realidad.

Hacia las dos de la madrugada, renunció a dormir y se levantó con intención de prepararse un té y sentarse en la terraza a mirar la ciudad; pero se detuvo en el umbral de su dormitorio porque Rafael estaba en el sofá en el salón, con un whisky en la mano y sin más ropa que unos pantalones de pijama.

Cuando la vio, él le dedicó una sonrisa triste y dijo:

—¿Tú tampoco puedes dormir?

—No —dijo ella, sacudiendo la cabeza—. Me iba a preparar un té. Te ofrecería uno, pero veo que estás tomando algo más fuerte.

—Lo necesitaba —replicó él con voz ronca.

Allegra se llevó una sorpresa con su declaración. Pensaba que Rafael la estaba ayudando porque se sentía responsable de ella, no porque quisiera ser padre; pero, por lo visto, la salud del bebé le importaba de verdad.

Tras dirigirse a la cocina, se preparó un té, volvió al salón y se sentó en el sofá, tan lejos de él como le fue posible. Estaba increíblemente sexy sin afeitar y con el torso al desnudo, aunque Allegra no pensó en su atractivo, sino en lo triste que parecía.

—El bebé me acaba de dar una patadita.

Rafael la miró con asombro.

—¿En serio?

—Sí. Empezó a darlas hace pocos días —dijo ella—. Al principio, no sabía lo que era. Lo sentía como si estallaran burbujas dentro de mí. Pero cada vez son más fuertes, ¿sabes? Es como si supiera lo que pasa e intentara decirme que...

A Allegra se le quebró la voz, y no pudo terminar.

—¿Decirte qué?

—Que quiere vivir, pase lo que pase.

Rafael la miró con intensidad.

—¿Pase lo que pase? ¿Qué quieres decir con eso?

Allegra suspiró.

—Quiero decir que me gustaría tenerlo en cualquier caso, sean cuales sean los resultados de la prueba. Quiero tenerlo entre mis brazos y que sienta mi amor. Aunque es posible que hable así por culpa de las hormonas. Últimamente, estoy exageradamente emotiva.

—Yo también —dijo Rafael—. Esto es muy duro, Allegra. Y, si estás hablando en serio, se podría poner peor.

—Lo sé —replicó ella—. Pero ¿qué opinas tú? Tú no querías que me quedara embarazada. No querías ser padre.

—Tú tampoco querías, Allegra. Y es lógico que no quisieras, porque nos acabábamos de conocer —le recordó—. No sabíamos nada el uno del otro.

–Seguimos sin saberlo.

–Es posible. Pero el bebé es real, y quiero tenerlo tanto como tú –declaró él con emoción–. ¿Creías que te iba a dejar sola en esta situación? ¿Por quién me has tomado?

–No lo sé. No sé quién eres –le confesó Allegra–. Solo sé que me trataste muy mal en Roma, y que me echaste de tu habitación como si yo no significara nada.

–Oh, vamos... Aquello fue una aventura de una sola noche, y lo fue para los dos. Admito que fui bastante grosero, pero no me puedes juzgar por una simple conversación.

–Más bien, por la falta de conversación –ironizó ella.

Rafael apartó la mirada y dijo:

–Si quieres tener el bebé, estaré a tu lado hasta el final.

Justo entonces, el bebé le pegó una patadita. Allegra soltó una carcajada de sorpresa, y Rafael respiró hondo.

–¿Has sentido...?

–Sí. ¿Quieres...?

–Por supuesto.

Allegra dejó que le pusiera la mano en el estómago. Y un instante después, la criatura arrancó una carcajada a su padre con otra de sus patadas.

–Es un luchador.

–O una luchadora.

–No tengo preferencias en ese sentido. Me da igual si es niño o niña –declaró él–. Solo quiero que esté bien.

Ella asintió.

–Lo sé.

Allegra se quedó en el sofá con Rafael, cada vez más cómoda en su compañía. Los minutos pasaron

74

lentamente y, al cabo de un rato y de varias patadas más, se quedó dormida sin darse cuenta. Pero abrió los ojos cuando él la tomó en brazos para llevarla al dormitorio.

—Oh, lo siento —se disculpó ella—. Me he quedado dormida sin querer.

—Es normal. Estás cansada.

Rafael la llevó al dormitorio principal, la tumbó en la cama y se giró con intención de marcharse, pero Allegra lo detuvo. Lo necesitaba más que nunca, y tenía la sensación de que él también la necesitaba a ella.

—Quédate conmigo, por favor.

Él la miró con sorpresa, pero se tumbó a su lado. Allegra se apretó contra el muro de su pecho y soltó un suspiro de satisfacción. No sabía lo que el día siguiente le depararía; pero, de momento, se sentía segura y feliz.

El médico entró en la consulta y los saludó. Rafael y Allegra estaban terriblemente tensos, porque eran conscientes de que se acercaba el momento de la verdad. Pero quizá era más duro para él. Estaba acostumbrado a tener el control en cualquier circunstancia y, por primera vez en su vida, se sentía impotente.

—Como saben, ya hemos recibido los resultados de la prueba. Hay buenas noticias y malas noticias.

Allegra tomó de la mano a Rafael, que preguntó:

—¿Qué significa eso?

El médico sonrió.

—El bebé tiene un defecto cardíaco, aunque no es tan grave como pensaba. Evidentemente, tendremos que hacer más pruebas, pero creo que es operable y que hay grandes posibilidades de que la operación salga bien.

–¿Qué tipo de defecto tiene? –se interesó Rafael–. ¿Cómo será la operación?

El doctor les dio todo tipo de detalles. Dijo que Allegra tendría que hacerse varias pruebas durante la semana siguiente y que, si todo iba bien, dejarían que el embarazo siguiera con normalidad, hasta el día del parto. Luego, después de dar a luz, operarían al bebé.

–Tardará varios meses en recuperarse –prosiguió–, pero no debería tener problemas. Al margen del defecto ya mencionado, el bebé goza de buena salud. Por cierto, ¿quieren saber de qué sexo es?

Rafael miró a Allegra, que asintió.

–Sí, por favor.

–Es un niño. Un niño fuerte y saludable.

Rafael se sintió el hombre más feliz del mundo. Había llegado a la consulta con la certeza de que el bebé podía morir y, de repente, el médico les decía que se iba a curar y que iba a ser un niño perfectamente sano.

Un niño. Su niño.

Un niño que lo cambiaba todo.

–No me lo puedo creer –dijo ella cuando subieron a la limusina–. Nuestro hijo estará bien. ¡Se va a recuperar!

Allegra se sentía como si estuviera en una nube. Habían sido unas horas verdaderamente difíciles, sometidos a la amenaza de que el pequeño muriera. Y ahora les decían que iba a salir adelante.

–¿Cómo te sientes? –preguntó a Rafael–. ¿Estás contento?

–¿Que si estoy contento? Estoy tan contento como aliviado –respondió, mirándola a los ojos–. Pero sabes que esto cambia las cosas, ¿verdad?

Ella frunció el ceño.

–¿Qué quieres decir?

–Hemos estado en un compás de espera. Sabíamos que el niño podía morir, y que nuestra situación podía ser tristemente temporal. Pero, si todo sale bien, pasará a ser permanente. Y eso cambia las cosas entre nosotros.

Allegra tragó saliva, consciente de que tenía razón. Iban a ser padres, y tendrían que encontrar la forma de criarlo juntos, porque era obvio que Rafael querría formar parte de su vida. De hecho, ella también lo deseaba. Pero ¿cómo lo iban a hacer?

–Por supuesto. Tendremos que llegar a algún tipo de acuerdo.

Rafael arqueó una ceja.

–¿Acuerdo? No estoy interesado en acuerdos de ninguna clase.

–No te entiendo –dijo ella, confundida.

–No quiero estar limitado por una custodia compartida o algo así. No quiero que nuestro hijo pase de mano en mano, condenado a ir de tu casa a la mía y a verme solo los fines de semana –replicó él.

–Estás exagerando un poco, ¿no crees? El mundo está lleno de hijos de divorciados que son absolutamente felices. Estoy segura de que encontraremos una solución que nos satisfaga a los dos.

–¿Tú fuiste feliz tras el divorcio de tus padres?

–Eso fue diferente.

–¿Por qué?

–La situación de mis padres no tenía nada que ver con la nuestra. Además, nosotros ni siquiera estamos divorciados. Lo nuestro es más fácil.

–¿Fácil? Te recuerdo que tú vives en Nueva York y yo, en Sicilia. ¿Qué pretendes? ¿Quedarte sola con él hasta que tenga dos o tres años? ¿Negármelo hasta entonces?

–No, claro que no –dijo ella con sinceridad.

–Me alegra que digas eso, porque yo tampoco querría la situación contraria.

–Entonces, ¿qué propones?

–Quiero estar a su lado constantemente. No me puedes negar eso. No permitiré que me lo niegues.

Rafael lo dijo en tono de amenaza, y Allegra se puso a la defensiva.

–¿Y si te lo niego?

–Yo no cometería ese error. Si te enfrentas a mí, sentirás toda la fuerza de mi poder.

–Oh, vaya –se burló ella–. ¿Qué vas a hacer? ¿Liarte a tiros? Discúlpame, pero no me das miedo. Ya he sentido toda la fuerza de tu poder. Estoy acostumbrada.

–No, no la has sentido en absoluto –replicó él con frialdad–. Créeme.

La limusina se detuvo delante del hotel, y Allegra se quedó mirando el elegante edificio. De repente, le pareció una prisión en la que Rafael ejercía de carcelero. Y no quería entrar.

–Quiero que hablemos y que encontremos una solución –dijo ella con tanta dignidad como pudo–. Quiero que nuestro hijo tenga un padre a su lado y, por supuesto, que sea un padre comprometido. Lo quiero tanto como tú. Pero también quiero recuperar mi vida.

Quiero volver a mi piso y a mi trabajo. Ya conocemos los resultados de la prueba, así que no tiene sentido que siga en el hotel.

Él sacudió la cabeza.

—No lo entiendes, Allegra —declaró en tono letal—. No vas a volver ni a tu piso ni a tu trabajo ni a tu vida anterior. Vendrás conmigo a Sicilia en cuanto podamos. Y no vendrás en calidad de invitada, sino de esposa.

Capítulo 8

ALLEGRA estaba en la suite del hotel, casi temblando. Rafael se había empeñado en que subiera y, como ella ya no tenía fuerzas para resistirse, salió de la limusina y regresó a su domicilio temporal. No se podía creer lo que había pasado. ¿Lo habría entendido mal? ¿Quería que fuera su esposa?

—Rafael, no podemos... no puedo...

—Puedes y lo harás.

—¿Así como así? ¿Pretendes que lo deje todo y que me case contigo? ¿Esa es tu propuesta?

—Oh, por Dios, no seas tan melodramática.

—Ni tú tan absurdo —contraatacó Allegra—. No me voy a casar contigo.

Él la miró durante unos momentos, se encogió de hombros y se sentó en el sofá.

—¿Y qué propones tú?

—Quedarme en Nueva York y vivir mi vida.

—Sí, trabajando en un café por un sueldo miserable y viviendo en un agujero insalubre.

—¿Quién es ahora el melodramático, Rafael? Tu actitud es completamente ridícula.

—No, la ridícula eres tú. ¿Cómo te las vas a arreglar con el trabajo? Los dos sabemos que nuestro hijo tendrá necesidades especiales al principio, e incluso es posible que también las tenga después.

—Me tomaré la baja por maternidad.

—¿Ah, sí? Tu contrato no cubre esas cosas. Puedes pedir la baja, pero no cobrarás lo suficiente para vivir. ¿Y qué vas a hacer entonces? ¿Vivir de la generosidad de tu madre?

Allegra se estremeció.

—Sí, bueno, sé que será difícil, pero saldré adelante. Además, no estoy dispuesta a casarme contigo y marcharme a Sicilia.

—En ese caso, dame una opción que sea aceptable para los dos.

—No puedo. Te niegas a ser razonable.

—No, eres tú quien se niega a serlo, tú quien se niega a hacer ningún cambio en su vida por el bien del bebé.

—Yo no he dicho que...

—¿Pretendes vivir en un apartamento minúsculo y subir seis pisos andando todos los días? —la interrumpió él.

—Muchas mujeres...

—Sí, sí, ya he oído eso antes. Pero ni siquiera tienes sitio para poner una cuna. Y huelga decir que nuestro hijo tampoco tendrá una habitación propia.

—Pues me mudaré a un sitio más grande.

—¿Te lo puedes permitir? ¿O esperas que lo pague yo mientras tú sigues con tu vida de costumbre? —le preguntó—. ¿Qué quieres? ¿Que viaje de vez en cuando a Nueva York? ¿Que no vuelva a ver al pequeño hasta que tenga edad de ir al colegio? No, eso es imposible. Me niego a aceptar esa situación. No voy a ser ese tipo de padre.

Allegra clavó la vista en él, furiosa.

—No estás siendo justo conmigo. Solo estoy embarazada de cuatro meses y medio. No he tenido ocasión de plantearme nada, Rafael. Y, por otra parte, tú no apareciste hasta hace unas semanas. Ni siquiera sabía que quisieras ser padre.

—No, yo tampoco lo sabía. ¿Cómo lo iba a saber, si mantuviste tu embarazo en secreto? —le recriminó—. Te pedí que me llamaras si te habías quedado embarazada de mí, pero no me lo dijiste. Me expulsaste de tu vida.

—Y tú me echaste de tu cama y de tu habitación. No quería que un hombre como tú fuera el padre de mi hijo.

—Pues ya no tienes elección. Y, por muy mal que te tratara aquella noche, tampoco tenías derecho a ocultarme la verdad, Allegra. Digas lo que digas, hay una diferencia enorme entre echar a alguien de tu cama y negarle a su hijo —declaró él con vehemencia—. Hasta una mujer como tú debería saberlo.

—¿Una mujer como yo? Si soy tan mala, ¿por qué quieres casarte conmigo?

—Porque es la única opción sensata. Quiero estar con mi hijo, Allegra. Quiero formar parte de su vida. Es mi heredero.

—¿Tu heredero? Por Dios, hablas como si fueras una especie de rey.

Rafael entrecerró los ojos.

—Soy dueño y presidente de una compañía que vale miles de millones de euros. Pretendo dejársela a mi hijo y criarlo para que siga mis pasos y se encargue en el futuro de la empresa familiar. Es mi heredero, te guste o no —dijo—. Y va a crecer en Sicilia, con su padre y con su madre.

En ese momento, Allegra se dio cuenta de que estaba atrapada. Rafael tenía todo el poder y el dinero del mundo. Si quería complicarle las cosas, se las complicaría. Presentaría una demanda para quedarse con la custodia completa y, aunque ella le presentara batalla, había grandes posibilidades de que se saliera con la suya.

—Necesito pensar y tumbarme un rato —dijo, frotándose las sienes—. Estoy cansada, y aún no hemos salido completamente de dudas, Rafael. El médico ha dicho que tendrán que hacerme más pruebas.

Allegra se levantó del sofá y trastabilló. Rafael se incorporó rápidamente y la agarró del brazo para que no perdiera el equilibrio.

—Sí, será mejor que descanses. Te prepararé ese té que tanto te gusta. Es el de camomila, ¿verdad?

Ella lo miró con desconcierto.

—No me hagas esto. No puedes comportarte como un monstruo y convertirte en cuestión de segundos en un hombre encantador. No lo entiendo. No lo soporto.

Con un esfuerzo sobrehumano, Allegra se soltó, entró en el dormitorio principal y cerró la puerta.

Rafael se quedó mirando la puerta cerrada. Las cosas no habían salido como quería. Pero ¿qué podía haber hecho? No estaba dispuesto a negociar sobre un asunto tan importante para él. No iba a admitir una custodia compartida. Y, por otra parte, no la quería manipular con promesas sentimentales que, además, habrían sido falsas.

Cuando supo que había grandes posibilidades de

que su hijo se pusiera bien, sintió un intenso instinto protector. Necesitaba que Allegra y el pequeño estuvieran con él. Necesitaba mantener el control. Necesitaba asegurarse de que nada saldría mal.

Esa vez, las cosas serían diferentes. Él sería diferente. Pero antes, necesitaba que Allegra estuviera de acuerdo.

Impaciente, se fue a la cocina y encendió la tetera eléctrica. Le prepararía el té de camomila y le demostraría que no era el monstruo que ella pensaba. Pero, cuando entró en el dormitorio principal, descubrió que se había quedado dormida.

Rafael admiró su melena roja y las largas pestañas que acariciaban sus pálidos pómulos. Estaba tan encantadora y tenía un aspecto tan vulnerable que se le encogió el corazón, y se juró a sí mismo que compensaría a Allegra por todo lo que había pasado. Buscaría la forma de que aquello funcionara. Y la encontraría.

Varias horas después, Allegra abrió la puerta del dormitorio y se presentó en el salón con cara de recién levantada. Rafael estaba junto al ordenador, intentando trabajar sin demasiado éxito; e hizo un esfuerzo por mantener una expresión neutral al ver sus senos bajo la fina camiseta que los constreñía.

—¿Has dormido bien?

—Sorprendentemente, sí.

—Me alegro.

—No me había dado cuenta de lo cansada que estaba.

Allegra fue a la cocina y volvió con un vaso de agua.

—Has preguntado cómo sería mi vida si me quedara

en Nueva York –dijo mientras se sentaba en el sofá–, y ahora quiero preguntarte lo mismo. ¿Cómo sería mi vida o, más bien, nuestra vida si me marchara contigo a Sicilia?

Rafael se sintió aliviado y esperanzado a la vez. ¿Significaba eso que estaba dispuesta a aceptar su propuesta?

–Bueno, viviríamos en mi propiedad de las montañas, cerca de Palermo. Tiene un jardín enorme, una piscina y un montón de cosas que divertirían mucho a un niño pequeño.

Allegra asintió lentamente, aunque no parecía impresionada.

–¿Y el colegio? ¿A qué colegio iría cuando crezca?

–A cualquiera de los muchos que hay en la zona –contestó él–. Y, si no hay ninguno que nos parezca adecuado, podríamos considerar otras opciones.

Ella arqueó una de sus delicadas cejas.

–¿Como por ejemplo?

Rafael se encogió de hombros.

–No sé... Podríamos cambiar de domicilio. Ir a Roma o Milán, quizás. Tengo sedes en las dos ciudades.

–¿Y Nueva York?

Él dudó antes de responder.

–La mayoría de mis negocios están en Europa. No rechazo la posibilidad de que nos mudemos a Nueva York en algún momento del futuro, pero no puede ser ahora.

Ella asintió.

–¿Y qué pasa conmigo? ¿En qué consistiría mi vida si me fuera a Sicilia?

Rafael se encogió de hombros otra vez.

–No necesitarías trabajar, porque tendrías todo lo que pudieras desear. Ropa, joyas, lo que quieras. Y por supuesto, serías la señora de la casa y la podrías decorar a tu gusto... incluso podrías tener tu propia sala de música. Podrías tocar tanto como quisieras. Podrías dar conciertos.

Allegra se mantuvo impasible durante toda la explicación, y él se sintió bastante frustrado. Sabía que no era como sus amantes, y que no la podía comprar con cosas materiales como joyas o vestidos de diseño, pero necesitaba una respuesta.

–¿Por qué no me dices lo que quieres en lugar de mirarme con gesto de decepción porque no soy capaz de adivinarlo? –prosiguió.

Ella frunció el ceño, y él se maldijo para sus adentros. ¿Qué querría de él? Le podía dar todo lo que quisiera, todo menos amor. ¿Qué estaba esperando? ¿Una especie de cuento de hadas, tan ridículo como romántico?

–No sé lo que quiero, Rafael. Todo esto es completamente inesperado para mí. No lo he podido pensar. Todavía estoy asumiendo los resultados de la prueba –le confesó–. Dame un poco de tiempo, por favor.

–De acuerdo, te lo daré –dijo él, tenso–. Pero tengo que volver a Palermo tan pronto como sea posible.

–Márchate cuando quieras. Yo iré más tarde –declaró Allegra–. ¿Por qué forzar las cosas? Nos hemos tratado muy poco, y deberíamos conocernos mejor.

Rafael sacudió la cabeza, consciente de que solo estaba buscando una excusa para quedarse en Nueva York.

–¿Que yo me vaya a Palermo y tú te quedes? No. Quiero que estés donde te pueda ver, donde pueda protegerte y cuidar de ti y de nuestro hijo –dijo con una emoción que ni él mismo se esperaba–. Es importante para mí.

La expresión de Allegra se volvió más dulce.

–Tu instinto protector es más fuerte de lo que creía.

–Sí, supongo que sí. Es que no os quiero fallar.

–¿Tienes miedo de fallarnos? –se interesó ella.

–Eso carece de importancia. No os fallaré.

Rafael se levantó del sofá, decidido a poner fin a la conversación. Se había emocionado sin darse cuenta, y odiaba mostrarse vulnerable. No quería ser así. No quería ser un estúpido sentimental. Sabía por experiencia que el sentimentalismo no arreglaba nada. No lo había ayudado con su padre, y tampoco lo ayudaría ahora.

–No, nunca os dejaré en la estacada, Allegra. Si no quieres creer lo demás, no lo creas. Pero puedes estar segura de que no os fallaré jamás.

Allegra estaba con su madre. Le acababa de decir que se marchaba a Italia y, por supuesto, Jennifer reaccionó mal.

–¿Cómo que te vas? –bramó.

–Me voy a Sicilia, concretamente. Con el padre de mi hijo.

–Pero si apenas lo conoces...

–Lo conozco lo necesario para saber que cuidará de nuestro pequeño y de mí.

De eso estaba completamente segura. Habían pasado tres días desde que Rafael le había dado su ultimátum, y había tenido ocasión de pensar largo y tendido sobre su futuro. Además, las pruebas que se había hecho revelaban que el problema del bebé no era tan fácil de resolver como creían y, aunque los resultados seguían estando en el terreno de las buenas noticias, su margen de maniobra se había reducido mucho.

No podía pasar por eso sin ayuda. Era una mujer independiente, acostumbrada a vivir sola, pero no podía ni quería pasar por eso sin ayuda. Y, por otro lado, tampoco quería que el pequeño pasara por lo mismo que ella. Tenía derecho a crecer con su padre, y Rafael tenía derecho a conocer a su hijo.

Desde luego, sabía que se estaba arriesgando mucho. Rafael tenía poder sobre ella, un poder que estaba lejos de comprender. No se trataba de que le gustara físicamente, lo cual era indiscutible, sino de que le gustaba en un sentido más profundo. Cada vez que la tomaba entre sus brazos, sentía el deseo de entregarle su corazón en bandeja. Y eso habría sido desastroso, porque sospechaba que Rafael la traicionaría igual que su padre.

En cambio, estaba segura de que no abandonaría a su hijo.

Al final, tomó la decisión de aceptar su propuesta y acompañarlo a Sicilia, aunque sin pasar por el matrimonio. Desde su punto de vista, no se conocían lo suficiente para dar ese paso. Y para su sorpresa, Rafael lo aceptó. A regañadientes, sí, pero lo aceptó.

—No me puedo creer que vayas a hacer una cosa así, Allegra —dijo Jennifer con recriminación—. ¿Te vas a marchar con un desconocido? ¿Lo has pensado bien?

—Sí, y tiene todo el sentido del mundo, teniendo en

cuenta el resto de las opciones –respondió Allegra con inseguridad.

–¿El resto de las opciones? ¿Qué quieres decir? ¿Ese Vitali está complicando las cosas? –se interesó su madre.

Allegra se encogió de hombros.

–Bueno, se podría decir que Rafael es una persona bastante pragmática. Pero yo también lo soy –dijo.

Jennifer asintió.

–¿Recuerdas lo que te dije sobre su padre?

–Sí, dijiste que había hecho negocios con el mío y que no salieron bien. Sin embargo, sé que me ocultaste algo importante. ¿Qué pasó, mamá?

Allegra habría preferido preguntárselo a Rafael, pero no podía. Su relación ya estaba bastante tensa, y no la quería complicar más.

Jennifer respiró hondo.

–Tu padre no confiaba en él. No sé por qué, pero sospecho que tenía buenos motivos para ello. Tuve la sensación de que había algo raro en todo el asunto, algo de carácter delictivo.

–¿Delictivo? ¿Qué quieres decir?

Esa vez fue Jennifer quien se encogió de hombros.

–Lo desconozco. Solo sé que, poco después de que empezaran a hacer negocios, Vitali se arruinó. Lo perdió todo, y solo escapó de la prisión por los pelos. Pero no sé nada más, y puede que sea mejor que no lo sepa. A fin de cuentas, es agua pasada.

La información de Jennifer le hizo comprender a Allegra que sabía muy pocas cosas del padre de su hijo. Rafael no le había contado casi nada, y eso era un problema. ¿En qué se estaba metiendo? ¿En qué se iba a meter su pequeño? Necesitaba confiar en Rafael, pero no podía confiar en él si no le decía la verdad.

–Sí, puede que tengas razón. Aunque, en cualquier caso, no creo que Rafael esté involucrado en actividades delictivas.

–Pero no estás segura.

Allegra sacudió la cabeza, preocupada.

–No, no lo estoy.

Capítulo 9

ALLEGRA miró por la ventanilla del reactor e intentó tranquilizarse un poco. Faltaban pocos minutos para que aterrizaran en el aeropuerto de Palermo, y estaba tan cansada como abrumada tras una noche entera de viaje.

–¿Necesitas algo? –preguntó Rafael, apartando la vista de su portátil–. ¿Un té, quizá?

–No, gracias. Estoy bien.

Rafael se había mostrado solícito durante el vuelo, pero manteniendo una actitud distante que la sacaba de quicio. Además, Allegra era demasiado consciente de lo que estaba dejando atrás: su trabajo, su vida, su libertad y su independencia.

–¿Está muy lejos tu casa?

–A una hora del aeropuerto. Iremos en coche.

Allegra asintió, deseando sentirse más segura. ¿Estaría haciendo lo correcto? Rafael había prometido que le daría todo lo que quisiera, pero podía ser un hombre muy duro. Mantenía las distancias constantemente, hasta en sus momentos más cariñosos. Y, para empeorar las cosas, ella no conocía a nadie en Sicilia. ¿Qué iba a hacer hasta el parto? ¿Podría ser feliz en semejantes circunstancias?

–No te preocupes, por favor –dijo él–. Todo saldrá bien.

Allegra volvió a asentir, y se sintió bastante mejor cuando Rafael la tomó de la mano, recordándole lo mucho que le gustaba. En ese sentido, no tenía ninguna duda. Se deseaban con locura, y era evidente que Rafael querría hacer algo al respecto. Pero ¿cuándo? El sexo parecía fuera de lugar en aquella situación.

Y justo entonces, él dijo algo que la dejó perpleja. Al parecer, tenía el don de la adivinación:

—No hay motivos para creer que tu embarazo no vaya a ser normal. Bueno, tu embarazo y nuestra vida sexual.

Allegra se ruborizó y bajó la mirada. Rafael guardó silencio.

—Por favor, abróchense los cinturones —dijo una azafata en ese instante—. Estamos a punto de aterrizar.

Allegra obedeció, y el aparato inició la maniobra de descenso. En el exterior, se veía la enorme extensión de Sicilia, con sus montañas rocosas y sus pueblos de tejados rojos, aferrados a las laderas. No le resultaba precisamente familiar, pero se acordó de las vacaciones que pasaba en Italia cuando era una niña y soltó un suspiro.

—¿Te encuentras bien? —preguntó Rafael.

—Sí, es que estaba pensando en mi infancia. Estuve bastante tiempo en Roma, ¿sabes?

—¿En Roma?

Ella asintió.

—Todo un año escolar —dijo—. Y, en verano, nos íbamos a nuestra propiedad de Abruzzi, a pasar las vacaciones.

Rafael la miró con interés.

—¿Lo echaste de menos cuando volviste a los Estados Unidos?

−Sí, mucho. Nueva York me parecía horrible en comparación.

−¿Por qué? ¿Qué te disgustaba tanto?

−Todo. Mi inglés era espantoso, y el colegio era tan grande y feo... Me sentía completamente perdida, sin mencionar el hecho de que los niños se metían conmigo todo el tiempo. Pero me acostumbré a estar sola. Me volví invisible.

Rafael frunció el ceño.

−Eso no parece muy divertido.

−Y no lo fue, pero siempre me ha gustado la soledad. Las cosas son más fáciles cuando no dependes de nadie.

Rafael no dijo nada. Allegra se preguntó qué estaría pensando, pero no se atrevió a interrogarlo al respecto. No quería compartir más emociones.

El avión aterrizó momentos después y, durante la hora siguiente, estuvieron ocupados con el control de pasaportes y la recogida de su equipaje. Cuando por fin llegaron a la limusina que los estaba esperando, Allegra estaba exhausta; y, aunque tenía intención de disfrutar del paisaje, se quedó dormida.

Rafael la despertó al cabo de un buen rato, y ella descubrió que se había tumbado en el asiento, con la cabeza apoyada en una de sus fuertes piernas. Alarmada, se incorporó al instante y dijo en voz baja:

−Oh, lo siento mucho. Me he quedado dormida sin querer.

−Es comprensible. Pero ya hemos llegado −replicó él−. En cuanto el médico te vea, podrás descansar.

Allegra parpadeó, confundida.

−¿El médico?

–Sí, he contratado a un médico para que se ocupe de ti durante tu embarazo. Vivirá en una de las cabañas de la propiedad –respondió Rafael–. Me ha parecido lo más sensato, porque estamos lejos de Palermo y de sus hospitales. Pero no te preocupes por nada. En caso de urgencia, llegaríamos enseguida. Tengo un helicóptero.

Ella lo miró con sorpresa.

–¿En caso de urgencia? El médico de Nueva York dijo que no espera complicaciones de ninguna clase. ¿No crees que estás exagerando?

–Es simple cautela –se defendió él–. Estoy seguro de que tú también quieres lo mejor para nuestro hijo, ¿verdad?

Rafael abrió la puerta de la limusina y, tras ayudarla a salir, la llevó hasta la mansión. Allegra se detuvo en la entrada, contempló los jardines y las montañas durante unos segundos y, acto seguido, se giró hacia el imponente edificio de piedra y sus grandes puertas, junto a las que esperaban un hombre y una mujer.

–Te presento a Maria y a Salvatore, que son mi ama de llaves y mi encargado, respectivamente –dijo Rafael.

Maria, una mujer de cabello canoso, se acercó a ella y le dio dos besos, con una sonrisa en los labios. Salvatore le estrechó la mano con cordialidad, y Allegra se sintió bastante más tranquila que antes.

–En otras circunstancias, te enseñaría la propiedad ahora mismo. Pero estás demasiado cansada para eso –continuó Rafael–. Te enseñaré tu habitación y llamaré al médico.

–Estoy bien –protestó Allegra.

De repente, sentía la irrefrenable necesidad de explorar la mansión. Desde la entrada, alcanzaba a ver un salón enorme de sofás blancos y altos balcones que daban a lo que parecía ser un huerto. Y quería ver más. Quería verlo todo.

–Tienes que descansar un rato –insistió él.

Rafael, que no estaba dispuesto a ceder en ese aspecto, la tomó del brazo y la llevó escaleras arriba hasta llegar a un dormitorio inmenso. Luego, se fue a llamar al médico y ella se dedicó a examinar su nueva habitación, tan lujosa como la suite del hotel neoyorquino.

Había una cama de matrimonio, una chimenea de piedra y unas ventanas que daban a un jardín. Allegra se apoyó en el alféizar de una de ellas y contempló la piscina de abajo y las buganvillas e hibiscos que cubrían la empinada ladera de la montaña. La temperatura era excelente, y el aire olía a pino y romero. Parecía el paraíso.

–El doctor te examinará ahora.

Allegra se dio la vuelta, y se encontró ante un hombre de pelo blanco, que llevaba un viejo maletín.

–Estoy bien –dijo mientras él sacaba el estetoscopio–. Perfectamente bien.

El médico la examinó con detenimiento y, cuando concluyó su examen, Rafael le preguntó:

–¿Qué tal está?

–Algo deshidratada. Y necesita descanso.

Rafael asintió.

–Muchas gracias, doctor.

El hombre se despidió de ellos y salió de la habitación, dejándolos a solas.

–Le diré a Maria que te suba una jarra de agua. Bebe dos vasos por lo menos.

Allegra se cruzó de brazos.

–No sé si te has dado cuenta, pero soy capaz de tomar mis propias decisiones.

Él arqueó una ceja.

–¿Vas a discutir por un asunto tan irrelevante?

–Sí, porque me tratas como si fuera idiota. No necesito que ningún médico esté pendiente de mí –replicó.

–Solo quería que te examinara, Allegra. Ha sido un viaje muy largo –le recordó él–. ¿Qué tiene eso de malo?

Ella suspiró, frustrada.

–Nada, si no fuera porque estás siendo insoportablemente mandón.

–Me preocupo por nuestro hijo, nada más.

–Lo sé, pero no puedes controlarlo todo.

Rafael carraspeó.

–Esto es muy importante para mí. No quiero quedarme corto en mis responsabilidades como padre. Por favor, concédeme ese pequeño deseo.

Los ojos de Rafael brillaron con lo que pareció un destello de tristeza, y ella se preguntó qué angustias o preocupaciones le estaba ocultando. Pero no parecía precisamente dispuesto a hablar, así que decidió dejarlo para otro momento.

–Está bien, daré mi brazo a torcer. Por lo menos, en este asunto.

Allegra durmió a pierna suelta, y se levantó completamente recuperada. El sol de última hora de la tarde iluminaba la habitación, lo cual significaba que había dormido bastante. Por lo visto, estaba más cansada de lo que se había imaginado.

Se levantó, exploró la enorme suite y se dio una buena ducha. Después, se puso un vestido sin mangas y bajó en busca de Rafael.

No lo encontró; pero Maria, que estaba en la cocina, le sirvió un té helado y unas pastas.

–¿Qué huele tan bien? –preguntó Allegra.

–Ah, es la comida de bienvenida para el *signor* Vitali y su encantadora acompañante –respondió la mujer con una sonrisa–. ¡No había cocinado tanto en mucho tiempo!

Allegra probó las pastas y preguntó:

–¿Y eso? Daba por sentado que Rafael tendría invitados con frecuencia.

Maria sacudió la cabeza.

–El *signor* Vitali no invita a nadie a su casa. Esta es la primera vez que aparece con compañía. Siempre ha sido un hombre solitario. Salvatore y yo vivimos aquí desde hace una década, así que se lo puedo asegurar. Trabaja tanto que no tiene tiempo para divertirse. Pero puede que cambie ahora.

–Sí, es posible.

Allegra salió de la cocina atiborrada de pastas y empezó a explorar la propiedad, aunque su verdadero objetivo era encontrar a Rafael. Pasó por el salón que había visto antes, por una sala que tenía una televisión enorme y un sistema de sonido ultramoderno, por un comedor a cuya mesa se podrían haber sentado doce personas y otro más pequeño y acogedor, con una mesita para cuatro.

Luego, salió a la terraza que daba a la piscina y aspiró el aroma a romero. El sol se estaba ocultando, y el cielo estaba lleno de pinceladas rojizas y violetas.

Pero ¿dónde estaba Rafael? ¿Y por qué estaba tan ansiosa por encontrarlo?

Empezaba a creer que tenía intención de mantener las distancias con ella, posibilidad que le resultaba extrañamente decepcionante. Y, por otra parte, necesitaba saber más sobre su nueva vida. ¿Cómo iba a ser? ¿Llevarían vidas separadas? Esperaba que no, porque también necesitaba conocer al hombre que le había ofrecido el matrimonio. Aunque no se llegaran a casar, mantendrían una relación durante una buena temporada.

¿Dónde se habría metido? ¿Dónde estaba el objeto de sus preocupaciones?

Maria empezó a servir la cena en el comedor pequeño. Eran varios platos de aspecto delicioso, y a Allegra se le hizo la boca agua. Pero se dio cuenta de que solo había preparado la mesa para un comensal.

–¿Rafael no va a cenar?

El ama de llaves sacudió la cabeza.

–El *signor* Vitali ha dicho que tiene que trabajar esta noche.

Allegra se sentó a la mesa y empezó a comer, tan decepcionada por ella misma como por María, que se había esforzado mucho por satisfacer a su jefe. ¿Cómo era posible que no hubiera bajado a cenar? No podía tener tanto trabajo. ¿La estaría rehuyendo?

Súbitamente, se sintió más sola que nunca. Estaba acostumbrada a la soledad. No era de las que necesitaban estar con gente. Pero, por alguna razón, necesitaba que Rafael estuviera con ella. Añoraba su presencia con una intensidad inquietante.

Cuando terminó de cenar, tomó su café descafeinado, salió a la terraza y se sentó en una tumbona a admirar el cielo nocturno. Para entonces, ya estaba segura de que Rafael la rehuía. Era la única explicación. Se había ausentado toda la tarde y todo lo que iba de noche. Pero eso era inaceptable para ella. Si tenía intención de dejarla sola, habría sido mejor que la dejara en Nueva York.

Su humor empeoró bastante a la mañana siguiente, al descubrirse en una casa vacía. El ama de llaves se había ido al mercado, y Salvatore estaba trabajando en el jardín. En cuanto a Rafael, no lo encontró por ninguna parte.

Aburrida, decidió salir a pasear; pero Salvatore le dijo que el *signor* Vitali no quería que saliera de los jardines de la casa, porque la montaña era tan empinada como peligrosa. Allegra clavó la vista en los altos muros que rodeaban la propiedad y se empezó a sentir como si estuviera realmente atrapada.

¿Cómo se atrevía a hacerle eso? No tenía sentido que la llevaba a un lugar tan bonito para tenerla presa. Y no sabía qué le dolía más, si su actitud dictatorial o su ausencia deliberada. Pero no estaba dispuesta a aceptar esa situación, así que tomó la decisión de encontrarlo y de decirle lo que pensaba de él.

–¿Dónde está el *signor* Vitali? –preguntó al encargado, que se quedó sorprendido por su brusquedad.

–Está trabajando.

–¿Dónde? –insistió Allegra.

–En su despacho, pero no quiere que lo molesten.

–Pues quizá sea necesario –replicó ella–. ¿Podría decirme cómo llegar?

–No creo que sea una buena idea.

–Díselo, Salvatore –intervino Maria, que apareció en ese momento–. La señorita está embarazada de él. Además, el *signor* Vitali también necesita compañía.

Salvatore se encogió de hombros y señaló la escalera.

–Está en el último piso.

Allegra subió por la escalera principal del edificio, cada vez más enfadada. Al llegar arriba, siguió por un corredor y tomó una segunda escalera, mucho más estrecha, que la llevó a lo que parecía ser el ático de la mansión.

Una vez allí, respiró hondo y llamó a la puerta.

–¿Qué quieres, Salvatore? –dijo Rafael al otro lado.

–No soy Salvatore. Soy Allegra.

Ella llevó la mano al pomo y lo giró. Afortunadamente, Rafael no había echado el cerrojo.

–Francamente, si hubiera sabido que me ibas a encerrar en este lugar, me habría quedado en Nueva York.

Rafael arqueó una ceja. Estaba sentado tras una enorme mesa de caoba que ocupaba el centro del espacioso despacho, con vistas a las montañas.

–¿Encerrarte? Cualquiera diría que estás en una prisión.

–Lo digo en serio, Rafael. No has aparecido ni una sola vez desde que llegamos.

–Porque tengo mucho trabajo atrasado.

Allegra dudó, pensando que tal vez había cometido un error con Rafael. Lo echaba tanto de menos que quizá se había excedido en su reacción y había sacado conclusiones precipitadas. Pero insistió de todos modos.

–Entonces, ¿por qué no puedo salir a pasear?

Rafael suspiró.

–Porque es peligroso.

–No soy de porcelana. No me voy a romper.

Rafael apartó la mirada.

–¿Estás segura de eso? Podría pasar cualquier cosa, Allegra –dijo con una extraña tensión–. Cualquier cosa.

Allegra frunció el ceño con desconfianza.

–¿Qué ocurre, Rafael? ¿De qué tienes tanto miedo?

Él respiró hondo.

–No tengo miedo.

–Mientes.

Rafael se pasó una mano por el pelo y dijo en voz baja:

–Está bien, si te empeñas... Tengo miedo de perderte y de perder a nuestro hijo.

Allegra se quedó pasmada. Nunca lo había visto tan vulnerable, así que lo dejó hablar.

–Hemos estado a punto de perder al bebé. O por lo menos, pensamos que lo podíamos perder –continuó él–. No quiero volver a sentirme así.

Ella lo miró con intensidad, deseando poder llegar a su corazón.

–No puedes controlarlo todo, ¿sabes? Nadie puede evitar los accidentes. La vida es como es. Y yo necesito vivir.

–Ya estás viviendo –declaró Rafael–. Disfruta de la mansión, de todo lo que puede ofrecer. Tienes una piscina magnífica.

–No quiero estar todo el día en la piscina.

Él se puso serio de repente.

–No sé de qué te quejas, la verdad.

Rafael alcanzó unos documentos y empezó a ordenarlos. Era obvio que la estaba echando de la habitación.

Allegra se sintió estúpidamente herida, porque no quería sentir nada por aquel hombre. Lo suyo no era un exceso de celo, sino la simple y pura obsesión de controlarlo todo. Era incapaz de compartir nada con nadie. La trataba como si fuera una criada.

Tras mirarlo unos momentos, dio media vuelta, salió del despacho y cerró con un portazo tan fuerte que tembló el marco. Sabía que era un gesto tan inútil como infantil, pero estaba completamente desesperada.

No soportaba esa situación. Discutir con Rafael era como discutir con una pared. Sin embargo, estaban viviendo juntos, y tenía que encontrar la forma de derribar sus muros.

Al llegar abajo, se dirigió a la salida de la propiedad. Y Maria, que la estaba mirando desde la cocina, la intentó detener.

—¡*Signorina*!

—Solo voy a dar un paseo.

—Pero el *signor* Vitali ha dicho que...

—Me importa un bledo lo que el señor Vitali haya dicho.

Allegra abrió la puerta y se marchó.

Capítulo 10

RAFAEL miró a Allegra desde una de las ventanas del despacho. Ardía en deseos de ir a buscarla y decirle que volviera a la propiedad. Quería que estuviera a salvo y, aunque sabía que no podía controlarlo todo, le daba miedo lo que pudiera pasar.

A pesar de ello, esperó una hora antes de salir; una larga e interminable hora en la que dio mil vueltas a todos los peligros que se podía encontrar. La zona donde estaban era un lugar escarpado, lleno de sitios traicioneros. Y, aunque no lo hubiera sido, el recuerdo de lo que habían sufrido su padre, su madre y su hermana lo llevó al borde del pánico. La vida no era segura. Todo podía cambiar en un instante.

Se puso unas botas de montaña y se fue a buscarla. La temperatura era muy alta, y el sol quemaba tanto que le preocupó que hubiera salido sin cubrirse la cabeza. Además, sabía que tampoco llevaba calzado adecuado. ¿Qué pasaría si tropezaba o se caía?

Su ansiedad fue aumentando poco a poco. Empezó a ver los ojos desesperados de su madre y el cuerpo inmóvil de su padre. No quería pensar en el pasado, pero los recuerdos volvían a su mente de todas formas. Y, al cabo de quince minutos, después de gritar su nombre sin respuesta alguna, la encontró: estaba acurrucada bajo un peñasco, con los ojos cerrados y una pierna doblada en una posición extraña.

Rafael corrió hacia ella con desesperación y la tomó entre sus brazos. Allegra abrió los ojos y dijo, muy pálida:

—Ahórrame el «te lo dije», por favor. Después de lo que ha pasado, eres capaz de atarme a la cama de mi habitación.

—¿Te has hecho daño?

—Sí, en el tobillo, pero no me parece que esté roto. Me tropecé con una piedra y me caí —admitió ella—. Creo que el niño está bien.

Rafael la alzó en vilo, sosteniéndola como si fuera el objeto más precioso del universo. No en vano, era la madre de su hijo.

—Te llevaré a casa —dijo, y empezó a caminar.

Allegra apoyó la cabeza en su pecho y se concentró en los relajantes latidos de su corazón. Había estado dando vueltas por el bosque, cada vez más asustada. Le dolía mucho el tobillo, y tenía miedo por el bebé, por ella misma y por la posible reacción de Rafael. De hecho, lo que más le preocupaba era Rafael. Sabía que su obsesión por el control ocultaba algo profundamente doloroso, y sospechaba que su estupidez empeoraría las cosas.

Sin embargo, Rafael no reaccionó con la dureza que esperaba. Bien al contrario, la trató con verdadera delicadeza y, cuando llegaron a la casa, se limitó a llamar a Maria para que le llevara unos paños fríos.

El médico apareció poco después. La examinó con detenimiento, se aseguró de que el bebé se encontraba bien y, a continuación, le vendó el tobillo. Se había hecho un esguince, y le ordenó que no cargara el peso sobre ese pie durante al menos una semana.

Allegra se quedó dormida después de la visita del doctor. Cuando se despertó, Rafael estaba sentado junto a la cama, con el pelo revuelto y las manos en la cabeza. Tenía un aspecto tan débil y vulnerable que habría dado cualquier cosa por animarlo. Pero ¿aceptaría su cariño? ¿O lo rechazaría?

—Hola —acertó a decir, insegura.

Él alzó la cabeza y la miró.

—Ah, ya te has despertado... toma, bebe un poco.

Rafael le sirvió un vaso de agua helada y se la llevó a los labios.

—Gracias —dijo Allegra antes de beber—. No te preocupes por mí, por favor. Me encuentro perfectamente.

—Pero podría haber sido desastroso —declaró él en voz baja.

—Lo siento. Me he portado como una idiota.

Rafael sacudió la cabeza, visiblemente emocionado.

—No, el idiota soy yo. No habrías salido de la propiedad si no te hubiera desafiado con mi actitud. Soy el único responsable.

—Tú no tienes la culpa, Rafael.

—¿Ah, no? Soy responsable de ti, Allegra. Soy responsable de ti y de nuestro hijo, te guste o no, y no puedo dar la espalda a esa responsabilidad. Ya lo hice una vez. Y no lo volveré a hacer.

—¿Cuándo? —preguntó ella.

Rafael tardó unos segundos en contestar.

—Hace mucho tiempo. Fallé a mi madre y a mi hermana. Fallé a toda mi familia —dijo con expresión sombría–. Puede que te parezca un obseso del control, pero no tengo más remedio que serlo. La alternativa es inaceptable.

Allegra seguía sin saber lo que le había pasado; pero su dolor era tan evidente que se le llenaron los ojos de lágrimas.

–Lo siento, Rafael. Lo siento mucho.

Rafael cerró los ojos un momento.

–Bueno, he decidido que retiraré algunas de las prohibiciones que te había puesto.

–Lo dices como si fuera tu prisionera.

–Tú no eres prisionera de nadie –dijo él con impaciencia–. Vives en un lugar lleno de lujos. No creo que tengas motivos para quejarte.

Allegra suspiró, frustrada.

–No hagas eso, Rafael.

–¿A qué te refieres?

–A cambiar con tanta rapidez. Hace unos segundos, eras el hombre más cariñoso de la Tierra; y ahora, te comportas como si mi presencia te irritara –respondió–. Me sacas de quicio. Y me recuerdas a...

Allegra no terminó la frase.

–¿A quién te recuerdo?

Ella apoyó la cabeza en la almohada.

–A mi padre.

–¿A Alberto Mancini?

–Sí, en efecto. Rompió toda relación conmigo cuando se divorció de mi madre. Pero, antes del divorcio, era un hombre maravilloso, un hombre que me adoraba, que me hacía regalos constantemente y que me leía cuentos en la cama. No sabes lo doloroso que fue para mí –dijo con emoción–. De tener su amor y sentirme querida, a no tener nada y saberme abandonada. Fue lo peor que me ha pasado nunca.

—Sí, la pérdida de un padre es algo terrible.

—¿Cómo perdiste al tuyo?

—En un accidente, por así decirlo.

Allegra quiso interesarse al respecto, pero no se atrevió a interrogarlo.

—Tu padre te dejó ese collar de perlas en su testamento —prosiguió Rafael—. Eso significa que te quería, aunque solo fuera un poco.

—Sí, pero ni siquiera sé por qué lo hizo. También me dejó una nota, ¿sabes? Una nota donde me pedía perdón y me decía que había sacrificado todo a su reputación. Pero no sé lo que pretendía decir.

—Quién sabe —dijo él.

Por el tono de voz de Rafael, Allegra tuvo la impresión de que sabía algo que no le estaba contando. Sin embargo, pensó que eran imaginaciones suyas.

—No dejo de repetirme que me quería, y que se vio obligado a alejarse de mí por algún motivo que no alcanzo a comprender.

—¿Y dices que te recuerdo a él?

—Solo por tus repentinos cambios de humor. No tienes motivos para preocuparte, Rafael. No voy a enamorarme de ti ni nada parecido —dijo ella, súbitamente ruborizada—. No estoy buscando amor... bueno, no creo que sea necesario en nuestra relación. Por supuesto, me gustaría que nos lleváramos bien, pero... no pretendo que me ames. No busco el amor de nadie.

Rafael la miró con intensidad.

—¿Por qué no? —preguntó.

—Porque el amor duele. Si alguien se acerca demasiado a ti, te puede romper el corazón. Puede que no estés de acuerdo, pero no creo en el viejo adagio que dice que amar y perder el amor es mejor que no haber amado nunca.

—¿No te has enamorado ni una sola vez?

Ella respiró hondo.

—No, aunque supongo que ya te habías dado cuenta. Al fin y al cabo, era virgen cuando nos conocimos.

—Bueno, pero el amor y el sexo son cosas diferentes.

—Sí, supongo que sí.

Rafael volvió a clavar la vista en ella.

—En cualquier caso, tendrás un matrimonio a la antigua usanza, tan romántico como sea posible —declaró.

—Aún no he dicho que quiera casarme contigo —le recordó ella.

—No, pero solo es cuestión de tiempo. Es lo mejor para nuestro hijo —dijo él con seguridad, como si no hubiera ninguna duda al respecto.

Allegra pensó que Rafael era un hombre insoportablemente arrogante.

—Te pedí que me dieras más tiempo porque quería que tuviéramos la oportunidad de conocernos mejor. Sin embargo, no podremos conocernos mejor si te escondes en tu despacho constantemente.

—Yo no me escondo —protestó él.

—Rafael, desapareciste en cuanto llegamos. Puede que estés muy ocupado, pero es una grosería inaceptable; una grosería y una cobardía.

A Rafael le brillaron los ojos, y Allegra pensó que quizás había ido demasiado lejos.

—Quiero que pasemos más tiempo juntos —continuó.

—¿Y qué propones exactamente?

–Bueno, estaba pensando en una o dos horas al día, que no es mucho pedir. Comer juntos, cenar y mantener alguna conversación de vez en cuando. No hemos tenido muchas ocasiones de hablar. Pero no puedes rehuirme de esa manera.

–No te estoy rehuyendo. Es que soy un hombre muy ocupado.

–Está bien, si tú lo dices... Pero ¿me vas a conceder ese deseo? Es lo único que te pido. No quiero nada más.

Rafael se inclinó hacia delante.

–¿Eso es todo? ¿Estás segura?

Allegra se estremeció al reconocer el destello de sus ojos. Y lo reconoció porque ella sentía lo mismo que él. Lo deseaba. Quería que volviera a ser suyo.

Nerviosa, se pasó la lengua por los labios y dijo:

–Aún no estoy preparada, Rafael.

–El médico ha dicho que podemos mantener relaciones con normalidad.

–No me refería a eso.

Él se echó hacia atrás.

–Lo sé, pero piénsalo de todos modos. Sería muy placentero para los dos. Lo sería y lo será –afirmó.

–Estoy segura de ello.

Allegra no tenía ninguna duda. ¿Cómo la iba a tener, después de lo que habían vivido en la habitación de aquel hotel? Desgraciadamente, la había echado de la suite, y seguía sin confiar en él. De hecho, ni siquiera confiaba en ella misma.

–Cuando estés preparada, házmelo saber –dijo Rafael con una sonrisa–. Pero espero que sea pronto.

Allegra bajó la cabeza y dijo:

–Por supuesto.

Capítulo 11

RAFAEL estaba mirando la pantalla de su portátil, aunque no la veía de verdad. Seguía dando vueltas a una frase de Allegra que lo había sumido en el estupor, hasta el punto de que llevaba tres días con ella en la cabeza: «No voy a enamorarme de ti».

Teóricamente, Rafael tendría que haberse sentido aliviado. Y se sentía aliviado, pero solo en parte. En primer lugar, no esperaba que una mujer tan sensible y emocional como ella hiciera una declaración tan fría y pragmática y, en segundo, no entendía del todo sus palabras. ¿Qué había pretendido decir? ¿Que no se iba a enamorar porque no quería? ¿O porque no podía enamorarse de él?

¿Significaba eso que él no se merecía que lo amaran?

Rafael no quería plantearse esa pregunta. Desde su punto de vista, era un planteamiento absurdo y absurdamente romántico. Además, ni siquiera sabía por qué le preocupaba. Tendría que haberse alegrado de estar con una mujer tan sensata.

Al cabo de unos minutos, cerró el portátil y se quedó mirando el paisaje. Hacía un día precioso, y empezaba a estar cansado de estar en casa; pero, sobre todo, estaba harto de pensar en las palabras de Allegra.

Durante los tres días transcurridos desde aquella conversación había hecho un esfuerzo por pasar más tiempo con ella. No siempre era fácil. A veces tenían sus diferencias. Pero había descubierto que le encantaba estar a su lado, oír sus cristalinas carcajadas y admirar su contagiosa sonrisa.

Allegra estaba hecha para la alegría. Y Rafael le quería dar alegría, aunque no supiera por qué. Pero ¿quería ella que se la diera? ¿Quería eso de él?

Un vehículo entró en ese momento en la propiedad y, cuando Rafael oyó las ruedas en la grava, se levantó del sillón. Era la furgoneta del servicio de mensajería que estaba esperando, así que salió del despacho y bajó por la escalera.

—¿Qué es todo esto? —preguntó Allegra mientras un trabajador descargaba cajas.

—Tus cosas —contestó Rafael, sin dar más explicaciones—. Me he encargado de que te traigan todo lo que tenías en tu apartamento.

—¿En serio?

—¿Pensabas que se iban a quedar allí?

—No lo sé. Supongo que sí —respondió ella, perpleja—. Me dijiste que habías hablado con Anton para que se lo alquilara a otra persona, así que las di por perdidas.

—Y es verdad que hablé con tu casero, pero quería que tuvieras tus cosas.

Ella lo miró a los ojos y sonrió.

—¿Sabes que puedes llegar a ser increíblemente atento? Muchas gracias, Rafael.

—¿Cómo que puedo llegar a serlo? Lo soy todo el tiempo —bromeó él.

–No, no todo, pero estás mejorando.

Rafael soltó una carcajada, y Allegra empezó a abrir las cajas como si fuera una niña que acababa de recibir un montón de regalos.

–¡Mis libros! ¡Y mi filodendro! –dijo, encantada–. ¡Tengo esa planta desde hace años!

–Pues yo diría que necesita agua. Lleva dos días en la caja.

–¿Solo dos días? ¿Cómo has conseguido que llegue tan pronto?

–Pagando un envío urgente.

–Pero te habrá costado una fortuna.

Él se encogió de hombros.

–Me lo puedo permitir.

Rafael se llevó el filodendro a la cocina y, cuando volvió al salón, Allegra estaba sentada en el sofá, con su violonchelo delante. Pero, lejos de estar ilusionada, parecía triste.

Al verla, él se apoyó en el marco de la puerta y preguntó:

–¿Desde cuándo tienes el violonchelo?

Ella suspiró.

–Desde que tenía nueve años. Me lo regaló mi padre.

–¿Ah, sí?

–Sí, le gustaba oírme tocar –dijo ella–. Incluso cuando estaba aprendiendo y solo le sacaba chirridos espantosos. Me aplaudía como si fuera una artista de verdad.

–Podrías tocar para mí alguna vez.

Allegra lo miró con sorpresa y, a continuación, sacudió la cabeza.

–No, no puedo.

Rafael intentó disimular su decepción, aunque no estuvo seguro de haberlo conseguido.

–Comprendo.

–No lo he tocado desde hace diez años –le explicó ella–, desde que tenía dieciocho.

–¿Por qué? –preguntó él, intrigado.

Allegra bajó la cabeza, y Rafael tuvo la sensación de que no iba a contestar a su pregunta, pero se equivocó.

–Porque me presenté a una audición de Jilliard... o, al menos, intenté tocar, que no es lo mismo. Grabé una cinta y la envié. Ser intérprete era el sueño de mi vida, ¿sabes? Yo tocaba desde pequeña.

Allegra se mordió el labio inferior y guardó silencio durante unos instantes. Rafael contuvo la respiración, expectante.

–Era un gran paso para mí. No parece gran cosa, pero yo era tímida e insegura... sobre todo, después del divorcio de mis padres. La música era lo más personal que tenía. Algo sagrado. Y lo sigue siendo.

–¿Y qué pasó?

–Que me quedé paralizada –Allegra soltó una carcajada sin humor–. Llegué y me quedé paralizada por completo. No era capaz de tocar. Los examinadores fueron amables al principio, pero luego se impacientaron y terminaron por echarme. Eso fue todo.

–¿Y no has tocado desde entonces?

–No podía. Era como si... no sé, como si hubiera perdido el deseo y la habilidad de tocar. Si tocara ahora, tendrías que taparte los oídos.

–Lo dudo –dijo Rafael.

Allegra acarició el violonchelo y volvió a cerrar la tapa de su caja.

–En cualquier caso, me alegro de tenerlo conmigo. Gracias.

–De nada.

Rafael guardó silencio de nuevo, intentando controlar sus emociones. Estaba triste por Allegra, por el disgusto que se había llevado cuando solo era una jovencita. Y se sentía más cerca de ella porque también había sufrido la traición de Alberto Mancini, el hombre que había destrozado su familia. Y, por supuesto, la quería proteger.

Sin embargo, ninguna de esas emociones era tan intensa como el deseo que lo dominaba, un deseo que no tenía nada que ver con el sexual: el deseo de que tocara otra vez y de que tocara para él.

Pero ¿había hecho algo para merecer ese honor?

La semana siguiente fue encantadora. Allegra empezaba a ser feliz en su nueva casa, y estaba especialmente contenta con Rafael. Pasaba mucho tiempo en su despacho, y de vez en cuando se iba a Palermo por motivos de negocios, pero hacía todo lo posible por pasar más tiempo con ella.

Una tarde, se fueron a pasear por un pueblo cercano, aprovechando que el tobillo de Allegra estaba bastante mejor. Ella disfrutó mucho con el sencillo placer de examinar los grandes tomates y los jugosos melones del mercado mientras Rafael la seguía con una cesta, y disfrutó aún más de las bellas callejuelas empedradas y las vistas de los olivares y los magníficos valles de la zona.

Rafael propuso un picnic, así que compraron salami,

pan, queso, aceitunas y uvas y se sentaron en una pradera con unas vistas preciosas.

—Esto es una maravilla –dijo ella, mientras él le daba de comer.

—Y lo será más si no te quemas con el sol.

—No seas tan quejica.

Allegra sabía que Rafael estaba haciendo verdaderos esfuerzos por ganársela. Y, en momentos como ese, cuando todo era luz y diversión, estaba casi segura de que su matrimonio podría funcionar.

¿Se estaría enamorando de él?

Era una pregunta difícil. Rafael era muy fácil de amar cuando interpretaba el papel de hombre atento y cariñoso; pero ¿qué pasaría si cambiaba de actitud? Ya lo había hecho antes. Lo había hecho varias veces, y Allegra seguía desconfiando. Además, había un asunto que la tenía preocupada: aunque hablaban de todo tipo de cosas, Rafael mantenía un silencio absoluto en lo tocante a su familia.

Pero eso estaba a punto de cambiar.

—¿Qué pasó entre tu padre y el mío, Rafael?

Él se puso tenso.

—¿Por qué lo preguntas ahora?

—Porque me parece importante –dijo ella, tumbada en la hierba–. Y porque, cuanto más tiempo pasamos juntos, más ganas tengo de conocerte.

Rafael se quedó callado durante unos segundos interminables. Luego, rompió el silencio y dijo, muy serio:

—¿Y si no te gusta la respuesta?

Allegra sintió un escalofrío.

—¿Por qué no me iba a gustar?

–Porque tu padre se portó muy mal con el mío, de forma increíblemente injusta.

–¿Cómo sabes que...?

–Lo sé –la interrumpió él–. Sin embargo, será mejor que no te lo cuente. Te has puesto tensa en cuanto he dicho que lo trató de forma injusta.

–Sí, es verdad, pero quiero saberlo de todas formas –admitió Allegra–. Además, sé que mi padre no era perfecto. A mí tampoco me trató bien.

–Pero sigue siendo tu padre, y reaccionas a la defensiva cuando lo atacan.

Ella se encogió de hombros.

–Supongo que nunca fui capaz de odiarlo. Tenía la esperanza de que volviera a mí en algún momento, pero ya no volverá –declaró–. Cuéntamelo, por favor. Necesito saberlo.

–Muy bien, como quieras.

Rafael respiró y empezó a hablar.

–Como sabes, tu padre y el mío empezaron a trabajar en un asunto de tecnología móvil. Tu padre se encargaba del desarrollo y el mío, de las piezas. Eran socios, incluso amigos.

–¿Y qué pasó?

–Que alguien malversó una suma importante del patrimonio de la empresa. Y Alberto Mancini echó la culpa a mi padre.

–Pero tú no crees que fuera él.

Rafael sacudió la cabeza.

–Sé que no fue él –puntualizó–. Lamentablemente, tu padre insistió en la acusación aunque no tenía ninguna prueba al respecto. Y, como era un hombre importante, consiguió que nadie quisiera hacer negocios con el mío. Al cabo de unos meses, él estaba arruinado y mi familia, en la miseria.

Allegra tardó en reaccionar. Sencillamente, no sabía qué decir.

—¿Por eso compraste la empresa de mi padre?

Rafael asintió.

—Fue un asunto de simple justicia.

—¿Y por qué no me lo habías dicho?

—Porque no sabía si me creerías. Ni lo sabía ni quería hacerte daño, porque a fin de cuentas se trata de tu padre —respondió Rafael—. Además, las cosas no estaban precisamente bien entre nosotros.

—No, no lo estaban.

—¿Me crees?

—Sí —dijo Allegra—, claro que te creo. Pero también creo que mi padre debía de estar sinceramente convencido de que el ladrón era el tuyo. Dudo que hubiera actuado de esa forma sin causa suficiente.

Rafael hizo un gesto de disgusto.

—¿Sin causa suficiente? Te recuerdo que Alberto te abandonó. ¿También tenía motivos para ello? Oh, vamos... ¿Por qué insistes en engañarte? Tu padre era como era.

—¿Tanto te molesta que quiera creer lo contrario, que elija creer que era un buen hombre? —replicó ella dolida—. ¿Por qué no me permites que lo recuerde con afecto?

—Porque, para mí, Alberto era el diablo —dijo Rafael—. Y nunca le perdonaré.

Ninguno de los dos abrió la boca durante el camino de vuelta. La prometedora y alegre despreocupación de los días anteriores se había esfumado. Allegra había empezado a querer a Rafael y, precisamente por eso, su conversación le había hecho daño. Sabía que había verdad en sus palabras. ¿Y cómo iba a creer que su padre la había querido si todo lo que descubría sobre Alberto indicaba lo contrario?

¿Por qué se aferraba a una esperanza imposible?

Aquella noche, mientras intentaba dormir, el niño le dio unas pataditas. Al día siguiente tenían que ir a Palermo para que le hicieran una ecografía, y estaba encantada ante la idea de volver a oír los latidos de su pequeño corazón. Pero en ese momento no estaba pensando en el bebé, sino en su padre y ella.

De repente, oyó música en el piso de abajo y se levantó, sorprendida.

Se puso una bata, salió descalza al pasillo y caminó hacia el origen del sonido, un tema de violonchelo.

Al llegar al salón, se le hizo un nudo en la garganta. Rafael estaba sentado en un sillón, con la camisa completamente abierta y las piernas estiradas. Tenía el pelo revuelto y un vaso de whisky en la mano,

–Shostakovich –dijo ella desde el umbral.

Rafael asintió con alguna dificultad, como si estuviera borracho.

–El tercer movimiento de su sonata para violonchelo. Me recuerda a ti.

Allegra se emocionó sin poder evitarlo, porque era el tema que habían oído antes de hacer el amor.

–¿Y por qué necesitas recordarme? Estoy aquí, en tu casa.

–¿Lo estás?

Rafael le lanzó una mirada intensa antes de echar otro trago.

–¿Es por lo de esta tarde? ¿Por nuestra discusión?

—¿Por qué dices eso?

—Porque estás sentado en el salón a las dos de la madrugada, bebiendo whisky y escuchando temas tristes.

Rafael apartó la vista.

—No podía dormir.

—Yo tampoco —dijo ella.

Allegra guardó silencio unos segundos y, a continuación, decidió ser sincera con él. No quería mostrarse vulnerable, pero le pareció lo correcto.

—A decir verdad, creo que tienes razón. Por lo menos, en parte —le confesó—. Pero quiero creer que mi padre me quería, porque no soporto la idea de que... en fin, la idea de que yo no me merezca el amor.

Rafael se giró hacia ella.

—Claro que te lo mereces —afirmó.

—¿Seguro? Los padres quieren a sus hijos. ¿Por qué no me quería el mío?

—Puede que él fuera incapaz de amar.

Allegra sacudió la cabeza.

—Crees que era un monstruo, ¿no? Lo crees de verdad.

Rafael no dijo nada.

—No quiero que ese asunto nos separe, Rafael. No sé lo que ocurrió, pero es un problema de un pasado que ya no existe. Dejémoslo así.

—Fuiste tú quien preguntaste. Querías saberlo.

—Y ahora lo sé —dijo ella—. ¿O es que hay algo más?

Rafael tardó en responder. Tardó demasiado para resultar creíble.

—No —dijo al fin—. Nada importante.

Allegra supo que había mentido. Lo había notado en su tono, en su cara y en la tensión de sus hombros, que parecían soportar un peso gigantesco. Y habría dado cualquier cosa por aliviarlo de su carga, pero no sabía qué hacer.

–Nuestro hijo está dando patadas –declaró, llevándose las manos al estómago–. ¿Quieres sentirlo?

–Sí.

Rafael dejó el whisky en la mesa, se levantó del sillón y se arrodilló delante de Allegra, que también se había sentado. La tenue luz daba un tono dorado a su cabello oscuro, y ella se lo acarició.

Entre tanto, Rafael le pasó las manos por el estómago, deslizándolas sobre la tela de la bata y del camisón que llevaba debajo.

–Estás más grande –dijo.

Allegra soltó una risita.

–Porque él está creciendo y yo como bastante mejor.

–Pero estás preciosa. Nunca había visto nada tan bello como tú, como todo esto.

El bebé pegó otra patadita, y Rafael se rio.

–Vaya, ese era él.

–Sí.

–Parece más fuerte que antes.

–Sí, es un luchador.

–Me alegro, porque tiene que serlo. La vida es dura, y necesita ser fuerte.

–Todos lo necesitamos.

Rafael la volvió a acariciar y dijo:

–No te preocupes por nada. Todo saldrá bien. Me encargaré de ello.

Ella supo que lo había dicho de verdad y, aunque nadie le podía garantizar nada, le creyó. Creyó en él, en su sinceridad, en su fe y en su afecto.

–Lo sé.

A Rafael se le iluminaron los ojos y, tras inclinarse hacia delante, le dio un beso en la mano.

–Oh, Rafael... –dijo Allegra, susurrando su nombre.

Rafael le soltó la mano y se incorporó un poco, aunque Allegra no llegó a saber si fue él o fue ella quien rompió definitivamente las distancias con la fuerza de un beso. Solo supo que de repente se estaban besando y acariciando con pasión, componiendo una sinfonía con la música de sus cuerpos.

Rafael la tocaba por todas partes, desde el pelo hasta los pechos. No parecía cansarse de tocarla. Y ella lo necesitaba más que nunca; necesitaba volver a sentir su antigua conexión, y estaba segura de que él también lo necesitaba.

En determinado momento, Rafael se detuvo y se apartó lo justo para mirarla a los ojos. Allegra se dio cuenta de que estaba esperando a que le diera permiso para continuar, y de que no iría más lejos si no se lo daba.

Fue como si el tiempo se hubiera detenido. Pero no tardó mucho en recuperar su marcha, porque Allegra le dio el «sí» que necesitaba por el procedimiento de acariciarlo.

La gloriosa sinfonía del deseo volvió a sonar otra vez, entre besos cada vez más urgentes. Luego, él la tomó de la mano y la llevó a la escalera, donde ella estuvo a punto de tropezar. Entonces, Rafael la alzó en vilo, la apretó contra su pecho y siguió andando hasta llegar al dormitorio principal de la casa.

Una vez allí, la tumbó en la cama sin encender ninguna lámpara. Pero no estaban a oscuras, porque la luz de la luna entraba por las ventanas.

–¿Estás segura de que quieres seguir adelante?

Allegra le acarició la mejilla.

–Sí.

Él no lo volvió a preguntar. Se limitó a quitarse la camisa mientras ella se liberaba de la bata y el camisón, quedándose desnuda. Su estómago era verdaderamente grande, pero no se sintió ni expuesta ni vulnerable. Rafael la miraba con tanto deseo que solo se sintió sexy. Y se sintió aún mejor cuando empezó a acariciar sus curvas.

–Me encanta tocarte –susurró él.

–Y a mí.

Allegra pasó las manos por los músculos de su pecho. No lo había tocado mucho durante su primera noche de amor. Estaba demasiado abrumada. Pero ya no era una primeriza, así que se sació con su piel hasta detener los dedos en el botón de sus pantalones.

Rafael gimió, y ella soltó una risita de alegría, algo sorprendida por el efecto que le causaba. Empezaba a comprender el poder que tenía.

–Antes estabas preciosa –dijo él, cerrando las manos sobre sus henchidos senos–, pero ahora lo estás mucho más.

–No sé si lo soy, pero tú haces que me sienta preciosa –le confesó ella.

Rafael se quitó entonces los pantalones y los calzoncillos, dejándola sin aliento. No era la primera vez que lo veía desnudo, pero la misma timidez que le había impedido tocarlo en Roma había impedido también que disfrutara de su visión.

Él se tumbó a su lado y la tomó entre sus brazos, apretándose contra su cuerpo. Era una sensación exquisitamente intensa para ella; tan intensa que casi tenía miedo de dejarse llevar, porque le daba la sensación de que el placer la podía devorar por completo. Pero no estaba asustada de verdad. Estaba encantada con lo que iba a suceder. Sobre todo, porque había descubierto algo nuevo.

Allegra se había intentado convencer de que Rafael no podía sentir lo mismo que ella, de que no daba tanta importancia al sexo. Pero, cuando le acarició la cara, supo que no la habría podido tocar con tanta delicadeza si no hubiera sido verdaderamente importante para él. Lo notaba en sus dedos, en sus labios, en su constante exploración.

Y por fin, la penetró otra vez.

–¿Estás bien? –dijo él–. ¿Te he hecho daño?

Ella cerró las piernas sobre sus caderas.

–Estoy maravillosamente bien –respondió.

Allegra no pudo decir nada más, porque Rafael se empezó a mover entonces, arrastrándola y empujándola de forma implacable hacia un sublime clímax que la dejó completamente satisfecha. Y durante los momentos siguientes, se preguntó si era posible sentirse tan cerca de otro ser humano sin enamorarse de él.

Justo entonces, Rafael se apartó de ella y se tumbó en la cama, de espaldas. Como habían estado abrazados, Allegra se sintió súbitamente sola. El aire, más fresco que su acalorada piel, tuvo el efecto de un despertador que la hubiera sacado de un sueño maravilloso.

¿Qué iba a pasar ahora?

Allegra esperó, muerta de miedo. ¿La echaría de su propia cama? ¿Se marcharía de la habitación?

Rafael no hizo ni lo uno ni lo otro. Pasó un brazo

alrededor de su cuerpo y la apretó contra el suyo, de tal manera que Allegra quedó apoyada en su pecho, con una pierna por encima de sus muslos.

Luego, él le acarició el estómago. Y el bebé dio una patadita.

—Vaya, parece que algo lo ha despertado —dijo Allegra con humor.

Rafael sonrió.

—Sí, algo.

Capítulo 12

Rafael notó el olor de la sangre, intenso y metálico. Pero no sabía lo que era cuando empujó la rota y astillada puerta y entró en la habitación.

—¿Papá?

Su voz sonó baja y asustada. Era la voz de un niño, aunque ya tuviera dieciséis años.

—Papá...

Lo primero que vio fueron las manos de su padre, inmóviles; lo segundo, la mancha roja que se había extendido por la mesa, como si alguien hubiera derramado un tintero de ese color. Luego, alzó la vista y vio la cara ensangrentada de su padre.

Un segundo después, se oyó un grito. Pero no fue él quien gritó, sino su madre, que estaba en el umbral del despacho. Y el grito siguió, cada vez más terrible.

—¡Rafael! ¡Rafael!

Rafael abrió los ojos de golpe, con el grito de su madre sonando aún en su mente. Pero no estaba con ella, sino con Allegra.

—Soy yo, Rafael. Tenías una pesadilla.

Él se incorporó, se levantó de la cama sin decir nada y, tras meterse en el cuarto de baño, cerró la puerta.

Después, contempló su pálida y sudorosa cara en el espejo y se apoyó en el lavabo, intentando tranquilizarse.

No había tenido esa pesadilla en mucho tiempo. Había pasado una década desde la última vez, y había sido así porque no se lo permitía a sí mismo. No quería recordar lo sucedido. No lo quería ni pensar. Tenía miedo de perderse en aquel recuerdo y de no volver a salir del pozo oscuro adonde le empujaba.

Y, sin embargo, pensaba en ello constantemente. No de forma consciente, sino subliminal. Y era un cáncer que destruía todo lo bueno que había en su interior, todo lo bueno que le pasaba.

Allegra le había preguntado cómo era posible que Alberto Mancini la quisiera, teniendo en cuenta que la había abandonado. Era una pregunta importante, y él conocía la respuesta porque la había oído mil veces de su propia boca, aunque por su propia experiencia familiar: porque no había podido impedir que su padre se suicidara. Porque había muerto por su culpa.

Luego, su madre y su hermana desaparecieron tragadas por sus pesadillas y sus recuerdos, hasta que no quedó nada más que una pálida sombra de lo que habían sido. Y él no quería terminar del mismo modo. No lo iba a permitir.

Pero ¿por qué volvía a soñar con eso?

Lentamente, alzó la cabeza y se volvió a mirar en el espejo. La respuesta estaba en su expresión, y en el repentino vacío que sentía.

Por Allegra, claro.

Su noche de amor, tan dulce y poderosa, había despertado las zonas más dormidas de su alma, unas zonas que le daban miedo, unas zonas que había enterrado durante años con la capa de su furia y su deseo de venganza. Pero ahora volvían a él. Sueños que no quería tener, recuerdos que prefería olvidar; debilidad en suma.

Abrió el grifo, se lavó la cara còn agua fría y lo cerró de nuevo antes de respirar hondo y regresar a la habitación.

Allegra estaba en la cama, de espaldas al cuarto de baño. Por suerte para Rafael, se había quedado dormida; pero tenía el ceño fruncido y una expresión de tristeza, así que se acercó y la acarició con suavidad.

La noche había sido intensa, y tenía que encontrar la forma de que las cosas volvieran a ser como antes: cómodas y placenteras, no amenazadoras. Sin heridas que se pudieran abrir en cualquier momento. Sin sangre.

Eso era lo que necesitaba hacer; y, preferiblemente, sin hacer demasiado daño a Allegra. Pero ese detalle ya no podía ser su prioridad absoluta. Ahora tenía que pensar en sí mismo. Tenía que enterrar otra vez sus recuerdos.

Ya había amanecido cuando Allegra se despertó. El sol entraba por las ventanas, y el cuerpo le dolía en sitios deliciosos.

Durante unos instantes, solo recordó el intenso y abrumador placer de hacer el amor con Rafael; pero luego se acordó de otra cosa, no tan agradable: su pesadilla y su huida posterior al cuarto de baño, cerrándole su corazón.

Al ver que no estaba a su lado, se levantó de la cama

y sopesó las opciones que tenía. ¿Qué debía hacer? ¿Cómo debía actuar? No sabía si presionarlo o comportarse como si no hubiera pasado nada. Pero, a pesar de todo, se puso una bata con intención de ducharse rápidamente, vestirse y salir a buscarlo. Salvatore estaba silbando en el jardín, y Maria canturreaba en la cocina.

Minutos más tarde, salió de la habitación y se fue en su busca. Lo encontró en su despacho, con unos auriculares alrededor del cuello y la vista clavada en la pantalla del ordenador. Allegra deseó cruzar la sala con despreocupación, sentarse en su regazo y borrar sus preocupaciones con un beso. Pero no se atrevió, y se quedó en el umbral.

—¿Has estado hablando por teléfono? —preguntó, señalando los auriculares.

Rafael le lanzó una mirada inexpresiva.

—Sí.

—¿Puedes dirigir la empresa desde casa?

—No del todo. Me temo que tendré que ir a Palermo más a menudo —contestó Rafael—. Y también a Roma y a Milán.

—Puedo ir contigo, si quieres. Me gustaría.

Él no dijo nada.

—Sobre lo de anoche...

Rafael se puso tenso y dijo:

—No empecemos con autopsias de cadáveres

—¿Autopsias? ¿Cadáveres?

—Ya sabes lo que quiero decir.

—No, no estoy segura.

Rafael la miró, pero Allegra casi habría preferido que no la mirara, porque sus ojos estaban más opacos que nunca.

–Lo de anoche fue muy placentero –dijo–. Lo fue para los dos, que es lo que importa. Y preferiría que lo dejáramos así.

Ella respiró hondo.

–¿Y tu pesadilla? ¿No quieres hablar de eso?

Rafael sacudió la cabeza.

–No. Olvida ese asunto.

Él volvió a mirar la pantalla, y ella supo que la estaba echando otra vez. Sin embargo, no se iba a rendir con tanta facilidad.

–Esta tarde tengo que ir a Palermo, a una cita con el médico. ¿Vendrás conmigo?

Rafael dudó, y Allegra pensó que su respuesta sería negativa. Pero no lo fue.

–Sí –dijo al fin–. Por supuesto que sí.

Rafael se sentó mientras la enfermera extendía el frío y suave gel por el estómago de Allegra. Casi no se habían dirigido la palabra durante el viaje; pero, en lugar de sentirse aliviado por el silencio, Rafael estaba más tenso que nunca.

Sencillamente, no sabía lo que quería. El recuerdo de la pesadilla lo empujaba a mantener las distancias con Allegra y, al mismo tiempo, deseaba hacer todo lo contrario.

–El bebé está bien –dijo el médico mientras miraba la pantalla–. Tiene el tamaño correcto, y cada vez está más grande.

Rafael miró el pequeño cuerpo de su hijo y apretó los puños con desesperación. ¿Qué le estaba pasando? No estaba acostumbrado a sentir tantas cosas y tan contradictorias. Felicidad, agradecimiento, pánico. Era tan desconcertante que no podía ni hablar.

Como siempre había sido un hombre pragmático, se concentró en lo más práctico. Ayudó a Allegra a levantarse de la camilla y escuchó atentamente al médico mientras les daba cita para la semana siguiente.

–¿Qué hacemos ahora? –preguntó ella cuando salieron a la calle.

Rafael la miró con incertidumbre.

–¿Hacer? ¿Qué quieres decir?

–Me he cansado de estar encerrada en casa. Me encanta, claro, pero me gustaría ver Palermo. ¿Podríamos dar un paseo?

Rafael vio el brillo de esperanza de sus ojos, y no se pudo negar.

–Desde luego –replicó.

Durante las horas siguientes, se dedicaron a pasear por bulevares y plazas de fuentes cristalinas, explorando calles laterales, tiendas y mercados. Luego, se sentaron en un encantador café de la Piazza Pretoria, donde Allegra siguió con su conversación sobre temas intrascendentes, a la que él añadía monosílabos. Seguía con su plan de mantener las distancias, pero cada vez le costaba más.

Cuando ya se disponían a marcharse, Allegra se inclinó para alcanzar su bolso, que había dejado en el suelo. Y entonces, se oyó un ruido de tela desgarrada.

–Oh, no. Me acabo de romper la falda.

Rafael miró la prenda y cayó en la cuenta de que solo tenía su ropa de Nueva York.

–Creo que necesitas ropa nueva.

–O por lo menos, una falda nueva –dijo ella con una sonrisa–. ¡Estoy indecente!

–Llamaré a una boutique ahora mismo.

Rafael la llevó a la limusina y, al cabo de unos minutos, entraron en una de las mejores boutiques de Via Liberta, donde ya los estaban esperando unas dependientas.

Las mujeres se llevaron a Allegra a uno de los amplios probadores, y Rafael se sentó en un sofá de terciopelo blanco, donde se dedicó a contestar mensajes telefónicos y a disfrutar del champán que le sirvieron, bastante más tranquilo que antes. Se sentía cómodo en ese tipo de situaciones. Podía cuidar de Allegra sin complicarse la vida y sin tener que dirigirle la palabra, porque ni siquiera estaba a su lado.

Sin embargo, su tranquilidad duró poco. Exactamente, hasta que Allegra se presentó ante él y preguntó:

–¿Y bien? ¿Qué te parece?

A Rafael se le quedó la mente en blanco.

Allegra llevaba toda la tarde intentando llamar su atención. No sabía lo que había hecho, pero Rafael se mostraba tan distante que empezaba a estar desesperada. Y, cuando ya creía que no encontraría la forma de llegar a él, le enseñaron un ajustado y sexy vestido de cóctel que podía cambiar las cosas.

Decidida, se lo puso y salió a buscarlo.

–¿Y bien? ¿Qué te parece?

Rafael carraspeó, atónito por su belleza.

–Bueno, yo... Estás absolutamente...

Allegra sonrió y volvió al probador, tan halagada como encantada de haber conseguido su objetivo.

–¿Me podrían ayudar con la cremallera, por favor? No me la puedo bajar –dijo a una de las dependientas.

Para su sorpresa, Rafael se presentó en ese instante y declaró:

—Ya me ocupo yo.

—¿Qué estás haciendo? —preguntó ella.

Rafael le bajó la cremallera lentamente y le dio un beso en el cuello, apretándose contra sus nalgas.

—Nos van a ver... —protestó Allegra.

Él le bajó el vestido, y ella se estremeció.

—Nadie nos puede ver. Se han ido.

—Pero sabrán lo que estamos haciendo.

—¿Y qué? No puedes vestirte así y pretender que no te toque.

Allegra no salía de su asombro. Llevaba horas intentando que le dirigiera la palabra, y había fracasado miserablemente. Por lo visto, Rafael no quería hablar. Solo quería tocar. Y a ella le pareció magnífico.

—¿*Signor* Vitali? Necesitamos su tarjeta de crédito.

La musical voz de una de las dependientas los puso tensos al instante. Allegra se apartó de él a su pesar, y Rafael salió del probador para llevar la tarjeta a la mujer.

El camino de vuelta fue tan silencioso como el de ida, si no más. Rafael se volvió a encerrar en sí mismo y, cuando llegaron a la mansión, se fue a su despacho. Entonces, Allegra guardó su ropa nueva en el armario y se empezó a interrogar sobre los acontecimientos del día.

¿Tenía sentido que derribara los muros de Rafael, cuando él insistía en levantarlos de nuevo? ¿Era razonable que se arriesgara tanto por un premio mayor cuando llevaba toda una vida conformándose con premios pequeños?

Se sentó en la cama y contempló el abrupto y bello paisaje de las montañas.

Había ido a Sicilia porque pensaba que era lo mejor para el bebé. Había sido un sacrificio, uno que estaba más que dispuesta a hacer. Pero ya no estaba allí por eso. Estaba allí por Rafael, por un hombre difícil que podía llegar a ser el más atento y cariñoso del mundo.

Las cosas habían cambiado, y no quería mantener una relación distante con él. No quería un simple acuerdo ni un matrimonio conveniente para los dos, sino una relación de verdad. Quería un compañero, y no solo en la cama.

Pero... ¿cómo conseguirlo? ¿Tendría la fuerza necesaria para acceder a su corazón, por mucho que él se resistiera? ¿Sabría sobrevivir a sus inevitables rechazos y seguir intentándolo de todas formas?

No tenía más remedio. No había otra salida.

Y justo entonces, Rafael abrió la puerta y entró en el dormitorio.

—¿Va todo bien? —preguntó ella al ver su expresión triste.

—Ahora, sí.

Rafael cruzó la sala y la tomó entre sus brazos.

Capítulo 13

ALLEGRA miró el dormitorio del niño con satisfacción. Había tardado una semana en decorarlo, y estaba orgullosa de su trabajo: paredes en azul claro con elefantes blancos, además de una cuna cuyas sábanas iban a juego con las paredes. Pero ni siquiera sabía si su hijo llegaría a dormir en aquella habitación.

Los médicos le habían dicho que estaría en el hospital varias semanas; y luego, Allegra tenía intención de poner la cuna en el dormitorio principal para dormir junto a él. Sin embargo, eso no impedía que estuviera encantada con la habitación nueva. Se imaginaba a sí misma con el pequeño entre sus brazos, meciéndolo a la luz del sol. Y era feliz. O casi.

Tras unos momentos, se acercó a la ventana y miró las montañas. No había llovido en mucho tiempo, y el ambiente estaba bastante cargado. Además, Allegra había entrado en el sexto mes de embarazo y se sentía tan gorda como extraña, lo cual empeoraba su humor notablemente.

Rafael y ella llevaban la misma rutina desde el viaje a Palermo. Todas las noches, se acostaban juntos y hacían el amor. Pero los días eran muy distintos: Rafael mantenía las distancias como si no hubiera nada entre ellos, y ella estaba tan desesperada que tenía ganas de gritar. Quería más, mucho más que eso.

Era una situación bastante paradójica, teniendo en cuenta que Allegra había interpretado el papel de Rafael durante casi toda su vida. Siempre había huido de la intimidad. Siempre había huido del amor. Y ahora lo necesitaba.

—Tengo que ir a Nápoles.

Ella se sobresaltó al oír la voz de Rafael, que estaba en la entrada.

—¿A Nápoles? ¿Por qué? ¿Algún asunto de negocios?

Allegra lo preguntó con curiosidad, porque nunca iba a Nápoles. Todos sus viajes eran a Palermo, Milán o Roma.

—No —contestó Rafael.

Ella frunció el ceño.

—¿No? Entonces, ¿de qué se trata?

—De mi hermana.

—¿De tu hermana?

La respuesta de Rafael la dejó completamente perpleja. Nunca había dicho que su hermana hubiera muerto; pero, por su forma de hablar, lo había dado por sentado.

—No se encuentra bien. Tengo que ir a verla.

—En ese caso, te acompañaré.

Él sacudió la cabeza.

—No.

—¿Por qué no? Deja de alejarte de mí, por favor. No me expulses de tu vida —dijo con vehemencia—. Si vamos a tener un hijo, si nos vamos a casar...

–No seas melodramática. No te expulso de mi vida.

–De noche, no. Cuando estamos en la cama, no. Pero me expulsas el resto del tiempo –afirmó ella, alzando la barbilla en un gesto desafiante–. Lo sabes de sobra. Hago esfuerzos por llegar a ti, y tú los haces por alejarte.

–Allegra...

–Te lo ruego –insistió ella–. No me rechaces esta vez. Deja que te ayude.

Rafael la miró un rato en silencio y, a continuación, asintió.

–Está bien. Pero nos tenemos que ir enseguida.

Rafael se arrepentía de haber accedido a sus deseos. De hecho, se sentía muy inseguro cuando subieron al helicóptero de su propiedad. No quería que Allegra viera a Angelica. No quería que viera su vergüenza. Pero, por otra parte, se dijo que quizá fuera mejor así. Quizá fuera mejor que viera la verdad con sus propios ojos, que viera el fracaso de su vida.

Horas antes, había recibido una llamada de un médico de Nápoles que había encontrado los documentos de Angelica en su bolso. Al parecer, su hermana estaba inconsciente en un callejón, con síntomas de haberse drogado otra vez. Ya le habían advertido de lo que podía pasar si no se desenganchaba, pero a ella le daba igual. Se estaba suicidando poco a poco. Y Rafael pensaba que era culpa suya.

–¿Qué le pasa? ¿Está enferma? –preguntó Allegra durante el vuelo.

–En cierto modo.

Cuando llegaron al aeropuerto de Nápoles, se subieron al coche que los estaba esperando y se dirigieron al hospital donde habían ingresado a Angelica. Rafael estaba más silencioso y sombrío que de costumbre, y Allegra se preocupó.

–¿No me vas a decir lo que pasa?

Rafael se encogió de hombros.

–No hay mucho que decir. Ha sufrido una sobredosis.

Allegra se sobresaltó.

–Oh, Dios mío...

–No es la primera vez que le ocurre, ni mucho menos –dijo él, rechazando su compasión–. Y no puedo hacer nada al respecto.

Allegra guardó silencio, y Rafael apartó la mirada.

Sí, quizá fuera mejor que lo hubiera acompañado. Sería doloroso, pero había llegado el momento de que supiera la verdad.

Allegra siguió a Rafael hasta la habitación de Angelica, que parecía dormida. Estaba en la cama, con los brazos llenos de pinchazos y magulladuras. Tenía el pelo sucio y revuelto, y su delgadez era tan extrema que casi estaba en los huesos.

–No deberías haber venido, Rafael –dijo, abriendo los ojos de repente.

–Pero aquí estoy –replicó él–. ¿Por qué te haces esto?

Angelica sacudió la cabeza.

–No quiero hablar contigo.

–Deja que te ayude, por favor. Tengo una habitación

para ti en la mejor clínica de rehabilitación de Europa, en Suiza. Es un lugar discreto y de lo más lujoso.

Su hermana volvió a sacudir la cabeza, y a Allegra se le partió el corazón.

–Solo quiero ayudarte, Angelica. Es lo único que quiero. Lo único que siempre he querido –declaró él.

–¿Ayudarme? ¿Cuándo me has ayudado tú? –bramó.

Angelica se giró hacia Allegra y dijo:

–¿Sabes lo que hizo? ¿Lo sabes?

–No, yo no...

–Mató a nuestro padre. Lo mató. Mi hermano solo pensaba en sí mismo, y ni siquiera fue capaz de...

Angelica apartó la mirada, al borde de las lágrimas. Allegra no sabía qué decir, y Rafael se mantenía en silencio.

–No lo puedes negar, ¿verdad? –insistió la joven.

–No, no puedo.

Allegra se estremeció, y Rafael le dedicó una mirada inmensamente fría antes de decir:

–Ahora ya lo sabes.

–Déjame en paz –intervino Angelica–. Márchate, por favor.

Rafael miró a su hermana durante unos segundos y, acto seguido, salió de la habitación y entró en una sala de espera, donde se sentó.

Allegra apareció momentos después y se acomodó a su lado.

–Rafael...

–No, no digas nada. No debería haberte traído.

–Me has traído porque te lo pedí yo –le recordó ella–. Quiero compartir tus alegrías, pero también tus tristezas. No me niegues eso.

Rafael se limitó a sacudir la cabeza sin decir nada.

—¿Cuánto tiempo lleva enganchada?

—Desde los quince años. Desde el año siguiente a la muerte de mi padre.

—¿Cómo murió? —se atrevió a preguntar Allegra.

—Ya has oído a Angelica. Lo maté yo.

—No lo creo.

—¿No?

—No —respondió ella.

—Pues deberías creerlo.

Allegra estaba segura de que Rafael no había matado a su padre, pero también lo estaba de que había pasado algo terrible, algo que lo atormentaba desde entonces.

—¿Por qué no me cuentas tu versión? ¿Qué ocurrió de verdad?

Él se pasó una mano por el pelo.

—¿Quieres saber la verdad? Está bien... Mi padre se suicidó.

—Entonces, tú no lo mataste.

—Pero lo empujé al suicidio. Y no pude impedir que apretara el gatillo de aquella pistola.

—Oh, Rafael...

—Luego, mi madre y mi hermana me culparon a mí de lo sucedido. Y tenían motivos para ello, porque... porque...

Rafael no pudo continuar.

—¿Por qué? —preguntó ella.

—¿Sabes lo que le dije antes de que se matara? Me quejé por tener que dejar mi colegio privado. Mi padre lo había perdido todo, absolutamente todo. ¿Y qué hice yo? Quejarme por un maldito colegio para ricos.

—Solo eras un niño.

–Sí, un niño estúpido y egoísta. Un niño que le partió el corazón a su propio padre, hasta el punto de que se encerró en su despacho y... –Rafael se detuvo una vez más–. Pero no tiene sentido que hablemos de eso. Angelica no quiere verme. Es mejor que vuelvas a casa. No debería haberte traído en tu estado.

–No soy una inválida.

Rafael hizo caso omiso.

–Te reservaré un billete de avión.

–¿Y qué harás tú?

–Me quedaré aquí. Tengo cosas que hacer.

Allegra lo miró con impotencia, a sabiendas de que estaba poniendo más distancia entre los dos. Pero... ¿qué podía hacer?

–No me hagas esto, por favor.

Rafael ni siquiera la oyó. Había sacado el teléfono, y ya estaba reservando su billete.

Mientras llamaba al aeropuerto, Rafael intentó convencerse de que estaba haciendo lo mejor para los dos. Allegra quería explicaciones, excusas, pero él no se las podía dar. Y tampoco quería hacerle daño, ni hacérselo a sí mismo.

Además, necesitaba un poco de espacio. Estar solo.

Se quedó en Nápoles dos días más, intentando convencer a Angelica, pero su hermana se negaba a hablar con él. Y, por supuesto, llamó a Allegra para asegurarse de que había llegado bien.

–¿Cuándo vuelves? –preguntó ella con tristeza.

–No lo sé. Tengo que ir a Milán y a Roma por asuntos del trabajo.

–Te echo de menos, ¿sabes?

Rafael no dijo nada. Pero, al cabo de unos minutos, cuando ya había colgado el teléfono, dijo al vacío de la habitación del hotel:

–Yo también te echo de menos.

Capítulo 14

LA SEMANA siguiente fue un suplicio para Allegra. Iba por la mansión como un alma en pena, repasando la conversación con Rafael y preguntándose si podía haber hecho algo más, pero se sentía impotente.

¿Por qué se sentía culpable del suicidio de su padre? El único culpable era el suicida, por haber tomado esa decisión. Sin embargo, ya no le extrañaba que Rafael estuviera tan obsesionado con la sed de justicia. Su familia había quedado completamente destruida. Sin embargo, eso no significaba que él también tuviera que acabar así.

Fuera como fuera, empezaba a entender su comportamiento de las semanas anteriores. No se había alejado de ella porque no le importara, sino porque le importaba demasiado. O, por lo menos, esa era la esperanza que tenía. Esperaba que su comportamiento no fuera hijo de la indiferencia, sino del miedo a volver a sufrir. A fin de cuentas, el amor podía ser muy doloroso. Y él no quería que le hicieran daño.

Rafael abrió la puerta de la casa con inseguridad. Había estado trabajando tanto como podía, en un inútil y desesperado esfuerzo por olvidar. Necesitaba borrar el recuerdo de Allegra y la suavidad de su cuerpo. Era la única forma de volver a la mansión y retomar su acostumbrada actitud distante.

Ya era de noche, y esperaba que todo el mundo se hubiera acostado. Tenía intención de ir directamente a su dormitorio, para evitar al objeto de sus deseos y preocupaciones. Pero no tuvo tanta suerte. Acababa de entrar cuando oyó un crujido en la escalera y, cuando se giró, la encontró allí.

Allegra llevaba el pelo suelto, y un camisón minúsculo que dejaba muy poco a la imaginación. Estaba tan sexy que se excitó de inmediato.

–Hola, Rafael.

–Pensaba que estarías dormida.

–Te estaba esperando.

–¿Esperando? Ni siquiera sabías si volvería esta noche.

–No, no lo sabía –dijo ella con suavidad–. Te he estado esperando desde que nos separamos. Te he estado esperando toda la semana.

A él se le encogió el corazón.

–No deberías haberlo hecho.

–¿Por qué no? ¿Por qué insistes en apartarme de ti?

Rafael tragó saliva.

–¿Y tú? ¿Por qué insistes en quedarte?

–¿Es que quieres que me vaya?

Él se frotó las sienes, desesperado. Tenía la sensación de que se había roto algo en su interior, y no sabía qué.

–No, no quiero que te vayas. Pero necesito una copa.

Rafael entró en el salón y se sirvió un whisky doble.

Allegra lo siguió y, mientras él estaba de espaldas, sacó el violonchelo y se puso a tocar.

Cuando oyó la música, él se quedó atónito.

—Pero si dijiste que ya no tocabas... dijiste que llevabas diez años sin tocar.

—Y es cierto. Pero quiero tocar para ti, Rafael —replicó ella—. La música siempre me sirvió de consuelo, y no se me ocurre otra forma de consolarte a ti.

Allegra dejó de hablar y siguió tocando. Tocó hasta llegar al roto corazón de Rafael. Tocó hasta llegar al fondo de su alma. Tocó hasta derribar todos sus muros. Y solo entonces, cuando ya lo había conseguido, dejó el instrumento, se arrodilló delante de él y, tras apretar la cara contra su pecho, dijo:

—Te amo, Rafael, te amo. Tú eres lo único que me importa. Créeme, por favor.

Rafael gimió.

—¿Cómo es posible que me ames?

—¿Cómo es posible que no te ame? —replicó ella—. Me enamoré de ti cuando te vi por primera vez, en el funeral de mi padre.

—Pero si solo intentaba seducirte...

—Y yo quería que me sedujeras. Vi pinceladas del hombre que eres, del hombre que quieres ser. No te apartes de mí por miedo —dijo Allegra con dulzura—. Porque es por miedo, ¿verdad? Por eso has mantenido las distancias. Por eso te quedaste en Nápoles. Porque tienes miedo de que te hagan daño.

Rafael cerró los ojos un momento. No lo quería admitir, pero se sorprendió a sí mismo cuando abrió la boca y dijo:

—Nunca pensé que fuera digno del amor de nadie.

Nunca pensé que me pudieran amar. No después de lo que le pasó a mi padre –dijo, sacudiendo la cabeza–. ¿Cómo pudo hacer eso? ¿Cómo pudo matarse? Le rogué que abriera la puerta del despacho, la golpeé con todas mis fuerzas y, a pesar de ello, apretó el gatillo y se mató, a sabiendas de lo que significaría para mi madre, mi hermana y yo. ¿Cómo pudo?

Allegra le acarició la mejilla.

–Yo te pregunté algo parecido sobre mi padre. ¿Lo recuerdas? Y tú me dijiste que no era culpa mía. Pues bien, eso tampoco fue culpa tuya. Tu padre estaba desesperado, y lo estaba por culpa del mío. Pero nosotros no somos culpables de lo que pasó. Tenemos que asumirlo y seguir adelante, por el bien de nuestro hijo y por nuestro propio bien.

–Pero fue culpa mía –insistió Rafael–. Quizá no tuve la culpa de la muerte de mi padre, pero mi madre, mi hermana, las decisiones que tomaron... No supe cuidar de ellas. No conseguí que vieran la luz al final del túnel. Y no me lo puedo perdonar.

Allegra le apretó la mano con afecto. Rafael le había abierto su corazón, y ahora ya estaba segura de que su actitud distante no tenía nada que ver con la indiferencia. Se sentía culpable de la muerte de su padre, y estaba tan dolido por ello como ella por lo que Alberto le había hecho. Pero ninguno de los dos tenía la culpa de nada, y era importante que se lo hiciera ver.

–Cuando mi padre murió, me sentí como si todo mi mundo hubiera muerto –continuó Rafael–. Y no me sentí así porque hubiéramos perdido todo lo que teníamos, sino porque lo había perdido a él, porque estaba atrapado y no le pude ayudar.

–Oh, lo siento tanto...

–Me sentí impotente, completamente dominado por las circunstancias. Y no quiero volver a sentirme así –le confesó–. Pero, a pesar de eso, he causado un dolor terrible a otra familia. También soy culpable de la muerte de Alberto.

–¿De qué estás hablando?

–Si Caterina dice la verdad, si tu padre sufrió ese infarto cuando supo que yo había comprado su empresa, eso quiere decir que lo maté.

–No, no sabes lo que pasó. Y, en cualquier caso, no puedes cargar con todas las muertes de nuestras dos familias, Rafael.

Él la miró con incredulidad.

–¿Me estás absolviendo?

–Yo no puedo absolver a nadie. Ni tú necesitas mi absolución.

–Entonces, ¿quién me la tiene que dar?

–Tú mismo, liberándote de tus fantasmas y tus demonios. Tu padre era un hombre adulto que eligió suicidarse, y no podrías haber hecho nada por evitarlo. La desesperación empuja a la gente a esas cosas. No fue culpa tuya.

Rafael abrió la boca para protestar, pero ella siguió hablando.

–En cuanto a tu madre, también era una mujer adulta y también tomó sus propias decisiones. Quizá no quisiera vivir sin su marido. Quizá se sintiera tan responsable como tú. No lo sé, la verdad. Solo sé que tampoco eres culpable de eso. Ni siquiera lo eres de la adicción de tu hermana.

Rafael guardó silencio durante unos momentos.

–¿Y qué me dices de tu padre? ¿No estás enfadada por lo que le hice?

Ella se encogió de hombros.

–Entiendo los motivos que tuviste para quedarte con su empresa y, por supuesto, me gustaría saber lo que pasó de verdad. ¿Es posible que mi padre culpara al tuyo a propósito, incluso sabiendo que era inocente? ¿Quién más pudo quedarse con ese dinero?

–No lo sé, pero no fue mi padre.

–Yo tampoco lo sé, y es posible que no lo sepamos nunca. Pero el pasado es el pasado. Debemos olvidarlo. Para siempre.

Él la miró a los ojos, y ella contuvo la respiración, esperando. Le había dado todo lo que le podía dar: su corazón, su cuerpo, su música. Se lo había dado todo, y aún no sabía si Rafael lo iba a aceptar.

Pero por fin, él dijo:

–Quiero intentarlo.

Allegra asintió con ojos llorosos.

–Sí –replicó–. Intentémoslo.

Capítulo 15

AQUELLA noche, Allegra tuvo una revelación. Se había acostado con Rafael, en lo que parecía ser un principio nuevo para los dos; y, en mitad de un sueño, supo quién había desfalcado el dinero: Jennifer, la persona más cercana a Alberto Mancini.

Era tan terrible como obvio y, además, explicaba el divorcio posterior de sus padres, el hecho de que Alberto se negara a apoyar económicamente a su exmujer y el comentario sobre su reputación que había hecho en la carta. Pero ¿qué había hecho Jennifer con ese dinero?

Tras pensarlo un momento, se dio cuenta de que el efecto del divorcio no fue tan terrible como cabía esperar si hubiera sido cierto que Jennifer se quedó en la pobreza. No terminaron precisamente en la calle. No pasaron dificultades de verdad. Y, por otro lado, Allegra estaba segura de que la venta de las joyas de su madre no les habría dado para mucho. Jennifer era una máquina de gastar dinero.

Angustiada, se levantó de la cama, encendió el ordenador y entró en Internet. Tardó muy poco en encontrar las fechas del suicidio de Marco Vitali y el divorcio de sus padres. Solo había unas semanas de diferencia, lo cual parecía indicar que había una relación directa entre los dos acontecimientos.

No tenía más remedio que hablar con su madre. Pero no le sacaría la verdad si la llamaba por teléfono. Debía verla en persona, cara a cara. Era la única forma de salir de dudas. Y necesitaba salir de dudas, porque también era la única forma de enterrar definitivamente el pasado y seguir adelante.

Pero ¿qué pasaría si Jennifer resultaba ser culpable? ¿Cómo afectaría eso a su relación con Rafael? ¿Qué haría Rafael cuando lo supiera?

Justo entonces, él abrió los ojos y la miró.

—¿Allegra? ¿Te pasa algo?

Ella guardó silencio, aterrada.

—¿Allegra? —insistió él con más vehemencia.

—Creo que sé quién robó el dinero.

Rafael se incorporó y se quedó sentado en la cama.

—¿Qué? ¿Cómo puedes saberlo?

Ella respiró hondo.

—Lo he sabido mientras dormía. Fue mi madre.

—¿Tu madre?

—Es lo más lógico. Tenía dinero cuando se divorció, pero no se lo había dado mi padre. Y, en cuanto al propio divorcio, fue tan repentino y extraño que...

Rafael se pasó una mano por el pelo, sin saber qué decir.

—Pero eso no cambia las cosas entre nosotros, ¿verdad? No tiene por qué cambiarlas —continuó Allegra.

—Aunque sea cierto lo que dices, no hay prueba alguna de que tu madre se quedara ese dinero —declaró él, haciendo caso omiso de su comentario—. No lo podríamos demostrar.

–No sé... He pensado que podría ir a Nueva York a intentar sacarle la verdad –declaró Allegra, insegura–. Es posible que entonces, cuando sepas lo que pasó, puedas...

–No puedes ir a Nueva York en tu estado –la interrumpió él.

–Rafael, acabo de empezar el tercer trimestre del embarazo. Estoy bien, y quiero ir –dijo ella–. Además, no importa si conseguimos pruebas o no. Necesitamos saber la verdad. Necesitamos saber lo que pasó para pasar página y seguir adelante.

–¿Mientras tu madre queda impune?

Allegra parpadeó, sorprendida por la agresividad de sus palabras.

–Lo siento mucho.

Rafael se levantó de la cama y dijo:

–Compraré los billetes.

Rafael compró los billetes de avión y habló con Salvatore para que los llevara en coche a Palermo. Estaba muy abatido y, aunque sabía que Allegra no tenía nada que ver con lo que Jennifer había hecho, su amargura era tan intensa que casi no lo podía soportar.

Para Allegra, el trayecto hasta el aeropuerto fue verdaderamente terrible. Se sentía culpable. Se sentía derrotada. La noche anterior, le había confesado que estaba enamorada de él y había conseguido que Rafael le abriera su corazón de par en par. Pero lo que parecía el principio de una nueva relación se había estrellado contra la traición de su madre.

En cualquier caso, Allegra sabía que la verdad era

tan importante para ella como para él. Si Jennifer era realmente culpable, su vida estaba tan marcada por lo sucedido como la vida de Rafael. El pasado pendía sobre ellos del mismo modo, y la verdad era lo único que los podía liberar.

Sin embargo, su angustia desapareció casi por completo cuando Rafael extendió un brazo de repente y la tomó de la mano, para su sorpresa. No dijo nada, pero ninguna palabra habría sido más elocuente que ese gesto de cariño. Ni más elocuente ni más esperanzadora.

La ciudad estaba resplandeciente con los colores del otoño cuando el taxi se detuvo delante del edificio donde vivía Jennifer, en la parte menos elegante de Park Avenue, cerca de Harlem. Allegra había dormido en el avión, y estaba bastante más descansada de lo que cabía esperar; sobre todo, porque ahora sabía que tenía el apoyo de Rafael.

Cuando abrió la puerta, Jennifer se les quedó mirando con una expresión casi cómica. Evidentemente, no esperaba su visita; pero debió de imaginarse algo, porque se puso pálida.

–Allegra... –acertó a decir–. Y Rafael Vitali, claro.

–Sí, Rafael Vitali –dijo él–, el hijo de Marco.

–¿Podemos entrar, mamá?

–Por supuesto –replicó ella, apartándose–. ¿Acabáis de llegar de Sicilia?

–Esta misma tarde –respondió Rafael.

Jennifer los acompañó al salón y se sentó en el sofá.

–Es una sorpresa de lo más agradable –dijo.

–¿En serio? –preguntó Allegra.

–¿Por qué dices eso?

Allegra respiró hondo.

–Marco Vitali perdió su negocio después de que le acusaran de haber robado cierta suma de dinero.

–Lo sé. Te lo dije yo misma. Pero no sé nada más.

–Y terminó suicidándose –añadió su hija

–Lo siento mucho –dijo Jennifer, impertérrita.

–Sin embargo, nadie encontró pruebas de que hubiera sido él –insistió Allegra–. De hecho, solo se sabía que el responsable tenía que ser una persona muy cercana a papá.

Jennifer se encogió de hombros.

–¿Y qué?

–Que había otra persona capaz de acceder a ese dinero. Alguien en quien Alberto confiaba.

–¿Has venido a Nueva York para decirme eso? Y supongo que habrá sido idea de ese hombre –dijo Jennifer, clavando la vista en Rafael.

–No, no ha sido cosa mía –se defendió él–. Yo no quería que Allegra viniera a Nueva York en su estado. Pero me he dado cuenta de que necesitábamos saber lo que pasó... y no por mi bien, sino por el de ella.

–¿Cómo? –preguntó Allegra, desconcertada.

–Si tu madre es culpable, esto es tan importante para ti como para mí –dijo Rafael, que se giró hacia Jennifer–. Alberto se fue por eso, ¿no? Se divorció de ti por eso.

–No sé de qué estás hablando.

–Sí, lo sabes de sobra. Intentaste utilizar a Allegra como moneda de cambio, ¿verdad?

–¿Qué? –dijo Allegra–. ¿Cómo sabes...?

—No lo sé, pero es la deducción más lógica. Y sospecho que tengo razón.

Jennifer lo miró con ira y se levantó del sofá para servirse una copa, pero no dijo nada.

—¿Eso es cierto, mamá? ¿Amenazaste a papá?

Jennifer suspiró.

—Ah, siempre has pensado que tu padre era un santo. Incluso después de que te abandonara —ironizó—. Pero no puedes demostrar nada. No hay pruebas.

—Entonces, lo hiciste tú. ¿Cómo pudiste?

—Tenía que hacerlo. Tu padre no era demasiado generoso con el dinero, y yo necesitaba más —contestó Jennifer.

—Pero ¿por qué se fue?

—Porque lo amenacé con quitarle a su hija para siempre. Ten en cuenta que no podía acudir a los tribunales. Tenía miedo a manchar su preciosa reputación. No soportaba la idea de que todo el mundo se enterara de que su esposa era una ladrona... Pero me equivoqué al presionarlo. Pensé que volvería conmigo cuando se diera cuenta de que era la única forma de verte. No sabía que fuera tan obstinado.

Allegra se quedó sin habla.

—Sin embargo, nunca tuve intención de que Marco Vitali cargara con la culpa. Es cierto que dejé caer su nombre, pero no me imaginaba que provocaría su ruina.

—Destruiste una familia entera —la acusó Allegra—. ¡Tienes las manos manchadas de sangre!

—¿Ahora soy culpable de que se suicidara? Eso fue cosa suya.

—Sí, lo fue. Tú no lo mataste —dijo Rafael—. Pero eres una ladrona y lo sabes.

Jennifer no intentó defenderse. Se limitó a alzar la cabeza en un gesto orgulloso.

–Dime una cosa –prosiguió él–. ¿Mancini intentó ponerse en contacto con Allegra?

–Sí. Le escribió cartas.

–¿Cartas? –preguntó su hija, atónita–. ¿Por qué no me las diste?

–Porque no podía. Te habrías empezado a hacer preguntas –contestó–. Pero no soy tan despiadada como crees.

Jennifer se levantó, salió de la habitación y regresó segundos después con un paquete de cartas que dejó en la mesa.

Allegra las alcanzó. Eran más de una docena.

–Bueno, ya nos hemos dicho todo lo que nos teníamos que decir –declaró Rafael–. Será mejor que nos marchemos.

–No, espera un momento –dijo Allegra, que miró a su madre–. ¿No tienes nada que decirle a Rafael, mamá? ¿Sabes cuánto ha sufrido? ¿Cuánto ha sufrido su familia?

Jennifer se estremeció, pero guardó silencio.

–No importa, Allegra –dijo él–. No se trata de mí.

–Pero...

–Olvídalo. Se trataba de ti. Tenías que saber la verdad –afirmó él–. Y ahora tienes las cartas de tu padre. Ahora podemos seguir con nuestras vidas.

Minutos después, salieron a la calle. Allegra apretó las cartas contra su pecho y sacudió la cabeza, asombrada ante lo sucedido.

–No me esperaba esto –le confesó.

–Lo sé.

–Pero ¿qué hay de ti? ¿Cambia algo que mi madre...?

–Mira, alguien me dijo una vez que los hijos no tienen la culpa de los pecados de los padres. Y no voy a permitir que los de Jennifer destruyan nuestro futuro.

Ella sonrió.

–¿Lo dices en serio?

–Te amo, Allegra. Estoy enamorado de ti desde hace tiempo, pero me resistía a reconocerlo porque soy un estúpido y porque estaba asustado. Tenía miedo de que me hicieras daño. Tenía miedo de mostrar mi debilidad. Pero tú viste mis debilidades y mis fracasos y me seguiste amando.

–Te adoro, Rafael.

Rafael la tomó entre sus brazos.

–Y yo te adoro a ti. Especialmente, porque fuiste capaz de perdonarme cuando marcaba las distancias y te apartaba.

–Bueno, yo también tenía miedo del amor. Te comprendo de sobra.

–Pero entraste en razón antes que yo –observó él con una sonrisa–. Y ahora, ¿qué te parece si nos vamos a casa?

Epílogo

Dieciocho meses después

–Es el niño más listo del mundo –dijo Allegra–. ¿No te parece?

–Por supuesto que lo es.

Rafael se tumbó a su lado en el jardín de la mansión. El sol brillaba en un cielo completamente despejado, y el pequeño Marco se empeñaba una y otra vez en ponerse de pie y dar sus primeros pasos.

–Está intentando caminar –declaró Allegra–, aunque el médico dijo que no caminaría hasta los dos años, como mínimo.

–Bueno, quién sabe de lo que es capaz.

Había sido un año tan largo como duro. El pequeño Marco, a quien habían llamado así en honor al padre de Rafael, había estado cuatro meses en el hospital; primero, para ganar fuerzas y poder enfrentarse a la operación y, más tarde, para recuperarse de la operación. Y, por supuesto, habían surgido complicaciones: un brote de neumonía y una pequeña infección. Pero todo salió bien y, al cabo de cinco meses, estaban en casa.

Luego, Rafael y Allegra se casaron. Fue una ceremonia pequeña, intima, con solo un puñado de invitados, porque ninguno de los dos quería una boda por todo lo alto. Y no podían ser más felices. Rafael había llevado la sede de su empresa a Palermo, para no tener que viajar constantemente, y Allegra había empezado a dar clases de violonchelo a los niños de la comarca.

El amor los había salvado. La había salvado a ella y lo había salvado a él, hasta el punto de darle las fuerzas necesarias para abrir su corazón a Angelica y convencerla de que se desenganchara. De hecho, acababa de ingresar en la clínica de Suiza, donde tendría que estar varios meses.

—¡Mira, Allegra!

Allegra miró y vio algo asombroso: Marco acababa de dar su primer paso.

—Este chico es increíble —dijo Rafael entre carcajadas.

Allegra le dio un beso y replicó, con una sonrisa en los labios:

—Como su padre.

**¿Se atreverá a rendirse al placer que
promete ese príncipe?**

CAUTIVA
ENTRE SUS BRAZOS

Carol Marinelli

El jeque Ilyas al-Razim nació para ser rey. No permitirá que nada
se interponga en su camino y, desde luego, no la camarera que
osa pensar que puede hacerle chantaje. Su deber es proteger
el honor de su familia, aunque eso implique tomar como rehén
a la fascinante Maggie Delaney.

Bajo los cielos estrellados del desierto de Zayrinia, la desafiante
Maggie convence a Ilyas de que es inocente de lo que él la acusa.
Cuando deja de ser su prisionera, es libre de volver a casa, pero
ahora está cautiva de la ardiente pasión de ambos.

DESEO

Su amistad cicatrizaba las heridas de ambos...

Ese hombre prohibido

CHARLENE SANDS

Cuando su novio la dejó plantada en el altar, Jessica Holcomb se refugió en la mansión que el marido de su difunta hermana tenía en una playa de California. Allí descubrió que Zane Williams, una superestrella del *country*, seguía bajo el peso de la devastadora pérdida de su esposa.

La repentina atracción que sintió Jess hacia Zane le pareció algo increíble, aunque más increíble fue que Zane se interesara por ella.

Bianca

Ella guardaba un impactante secreto....

DESHONRA SICILIANA

Penny Jordan

A Louise Anderson le latía con fuerza el corazón al aproximarse al imponente *castello*. Solo el duque de Falconari podía cumplir el último deseo de sus abuelos, pero se trataba del mismo hombre que le había dicho *arrivederci* sin mirar atrás después de una noche de pasión desatada.

Caesar no podía creer que la mujer que había estado a punto de arruinar su reputación todavía le encendiera la sangre. Al descubrir que su apasionado encuentro había tenido consecuencias, accedió a cumplir con la petición de Louise… a cambio de otra petición por su parte: ponerle en el dedo un anillo de boda.